新雅
名著館

孤星淚

原著 雨果〔法〕
撮寫 宋詒瑞

新雅文化事業有限公司
www.sunya.com.hk

世界名著——啟迪心靈的鑰匙

文學名著，具有永久的魅力。一代又一代的讀者，曾從中吸取智慧和勇氣。

面對未來競爭性很強的社會，少年兒童需要作好準備，從素質的培養、性格的塑造、心理承受力的加強、思維方式的形成、智力的開發，以及鍛煉堅強的意志，都是重要的課題。家庭教育的單調、學校教育的局限、社會教育的不足，使孩子們面對許多新問題感到困惑。而文學名著向小讀者展現豐富的世界，通過書中具體的形象、曲折的情節，學會觀察人、人與人的關係，和錯綜複雜的社會矛盾。可以說，文學名著是人生的教科書，它像顯微鏡一樣，照出人的內心世界和感覺。通過書中人物的命運，了解社會，體會人生，不知不覺地得到啟迪心靈的鑰匙。而名著中文學的美，語言的美，更是滋潤心田的清泉。

然而，對於年紀尚小的讀者來說，這些作品原著的篇幅有些長，這套縮寫本既保留了原著的精髓，又符合小讀者的能力和程度，是給孩子開啟文學大門的最佳選擇。

著名兒童文學作家
冰心獎評委會副主席 | 葛翠琳

故事導讀

《孤星淚》原名《悲慘世界》，是法國文學大師雨果最重要、最偉大的作品。從積累題材到完成寫作，作者共用了足足十五年的時間。

這是一部史詩式的輝煌巨著，它以法國大革命為背景，描述了一個感人的故事：一個貧苦農民華尚因偷了塊麪包而被判重刑，十九年後出獄時，他心中充滿了對這不公道社會的仇恨。但是，一位善良的主教用愛心感化了他，從此他立志做好人、行善事，活得有尊嚴、有價值，並同樣用愛心感化他人。

仁愛至上的人道主義精神，是貫穿全書的中心思想。雨果筆下的華尚是個理想化的好人，他從惡到善，他的善舉不僅使小城富足，人民生活改善，也消除了人們對他的誤解，並使視他為對頭人的暗探沙威也對他感恩、報恩。這是雨果理想中的人道主義人際關係。

雨果的人道主義基於對暴政的不滿。他認為罪惡的制度使人性醜化，只有消滅這制度才能恢復人性。他同情被侮辱、被損害的下層人民，支持他們的革命行動，書中對1832年巴黎街壘戰有精彩的描寫，歌頌人民的英勇獻身精神。

原書有一百二十萬字，結構曲折，引人入勝，人物刻劃生動，但穿插了作者很多議論。撮寫本集中原書精華，文字淺白，適合各年齡層閱讀。

目錄

第一章　芳婷

第一章　芳婷

第一節

令人不安的陌生人

1815年10月初，一個正在步行的人在暮色中走進了**迪涅**[1]城——那是位於法國南部的一個小地方。居民們在家門口或是窗子後面，帶着一種惴惴不安的心情，瞧着這個外貌寒傖、潦倒不堪的陌生人。他中等身材，體格粗壯，看來大約有四十七、八歲。一頂便帽壓齊眉心，遮去了上半部臉；黃粗布襯衫裏露出一片毛茸茸的胸脯，上面掛着一條扭得像根繩子的領帶；藍布褲破舊不堪，膝頭泛白還穿了個洞，老灰布衫兩肘磨爛，用麻線串了兩塊綠呢布補上。他背了個布口袋，提一根多節粗棍，光腳塞在兩隻釘鞋裏，頭髮極短，鬍子很長。

看來他已走了一整天的路，汗、熱、風塵、勞累，使他顯得又髒又狼狽。他一定是渴極了，跟在他身後的孩子看見他曾兩次在街角的水龍頭那兒喝水。

[1] **迪涅**：法國南部的一個市鎮。涅，粵音聶。

他走進了**市政廳**[1]，十五分鐘以後走了出來，最後他進了一家旅店。

「先生，要些什麼？」

「吃和睡。」

店主抬眼望着他說：「要現錢！」

「我有錢！」那人掏出一隻大錢包說，「我餓壞了，隨便來些什麼吃的東西！」

「請等等！」店主迅速摸出鉛筆，在一張紙上寫了點什麼，交給一個跑腿的

① **市政廳**：政府機構，負責該市或區內的行政事務。

小廝[①]。

小廝不一會兒就從市政廳跑回來，把那張紙交給店主。店主仔細讀過後，轉身向那客人說：

「對不起，我不能接待你。」

那人不安地挺起上身：「為什麼？你怕我付不起錢？我有錢！」

「不是因為錢。我，我沒有……房間。」

陌生人隨和地建議：「把我安頓在馬房也行。」

「不，馬房也不行，你走吧！」店主堅決地說。

那人同樣堅決地宣稱：「我已經到了這裏，我餓了，我付錢，我不走！」

店主迫近他的耳邊，低聲說：「識相些！你要我說出你的姓名嗎？桑·華尚！你要我亮出你的身分嗎？實話實說，你一進來我就懷疑你了，我已經派人去過市政廳了，這是回信！」他把那張紙在客人面前晃了晃，「趁早走，免得我……」

那漢子垂下頭，拾起地上的布袋，走了。

一些旅客和行人圍着店主站在店門口，指點着他

---

① **小廝**：年輕的童僕，小男孩。

的背影說長道短，從人們驚疑的目光中可以想見：他的出現不久就要弄得滿城風雨。

他像是一個受了侮辱、滿腹委屈的人，頭也不回地在街上向前走去。他穿過許多街道，天快要黑了，他實在感到飢餓難熬，正好看見街的盡頭有一家小酒店，他不敢從正門進去，輕輕地推開了位於小巷裏的後門。

「來的是誰？」老闆問。

「一個想吃晚飯和過夜的人。」

「來吧，這裏有吃的，也有地方住。」

他走了進去，在**壁爐**[①] 邊坐了下來。正在喝酒的人都轉過頭來打量着他。火光中閃現着他那強健陰鬱的側影。他的相貌是奇特的：一眼望去像是謙卑，看到後來卻又顯出嚴肅；眼睛在眉毛下炯炯發光，像是荊棘叢中的一堆火。

喝酒的人當中有一個賣魚的人，是從剛才那旅店來的。他向店老闆使了個眼色，等老闆走近他時，他向老闆低聲咕噥了幾句。老闆走到壁爐旁，把手擱在

---

① **壁爐**：取暖用的火爐。

來客肩上，說：「你得離開這裏。」

來客低聲下氣地說：「唉，你知道嗎……」

「我知道。」

「他們把我從那個旅店裏攆了出來。」

「可我也要把你從這兒趕走。」

「你要我到什麼地方去呢？」

「到別的地方去！」

那人提起他的布袋和棍子，走了。

幾個孩子跟在他後面，向他扔石子。他轉過身來，舉起棍子作狀要打，孩子們才散去。

他走過監獄，拉動了大門上的鐵鐘，從牆上的小洞向裏面請求道：「看守先生，求您開開牢門，讓我到裏面住一夜吧！」

裏面有個聲音冷笑着說：「你得先讓人逮捕，然後再進這門。監牢又不是客棧！」

他又去敲了一戶住家的門，男主人走了出來。過路人說：「先生，我出錢，您能不能給我一盤湯，讓我在園子的**棚**① 裏過一夜？」

---

① **棚**：這裏指牛棚或馬棚。

「您是誰？為什麼不去客棧？」主人問道。

「我從碧馬松來，走了一整天。客棧……他們不肯接待我。」

男主人提高了警覺，他從頭到腳打量着路人，忽然喊道：「你就是那個人？」他倒退三步，從牆上取下槍，女主人抱起孩子尖叫起來。

「求你做做好事，給我一杯水吧！」

「滾！」男主人回到屋裏，猛地把門關上，剩下那路人在阿爾卑斯山的冷風中哆嗦。

在街邊花園裏，他看見一個無人的茅棚，於是什麼都不管，鑽了進去，躺在濕暖的麥**秸**[①]上。不料洞口突然出現一隻惡狗的腦袋，衝着他狂吠，原來這是一個狗窩。他拿棍子作兵器，以布袋作盾牌，好不容易才從茅棚裏爬了出來。

> **知識泉**
>
> 阿爾卑斯山：位於歐洲中南部，是歐洲最高大的山脈，橫跨法國、瑞士、意大利和奧地利等。山脈呈弧形，長1,200公里，寬110至200公里，平均海拔約3,000米，山勢雄偉，主峯白朗峯海拔約4,810米。

他出了城，在田野裏徘徊了一陣，實在是精疲力

① **秸**：農作物脱粒後剩下的莖，以前的農村會用作燃料。粵音階。

竭了，便回到城裏，躺在一條石凳上。

這時，一個老婦人從教堂裏出來，在黑暗中看見了他，吃驚地問：「你在這兒幹什麼呀？」

「就像你看到的，我在睡覺。」

「就睡在這石凳上嗎？」

「我睡了十九年木板，今天來睡睡石板了。」那人冷冷地回答。

「你為什麼不去住客棧？」

「因為我沒有錢。」那人隨口應付着説。

「唉，」老婦人掏出錢包，「我這裏只有四個銅板，你拿去吧！這點錢不夠住客棧，但你可以去試試，也許有人好心，會讓你住下。」

「所有的門我都敲過了，都叫我滾蛋。」

好心的婦人指指主教院旁邊的那幢矮房子，問道：「敲過那扇門嗎？」

「沒有。」

「去敲吧！」

第二節
一個正直的人

迪涅城的主教是七十五歲的米里埃先生，上任九年以來他做了一連串的好事，所以教區的人民尊稱他為碧福努主教，意思是「受歡迎的主教」。

米里埃主教把自己那豪華寬敞的主教府讓給了平民醫院，使病人們都住得舒舒服服的。他還把大部分的薪俸分配給各個慈善機構，救濟窮人，自己卻和妹妹及一個女傭人搬到原為平民醫院的那幢低矮簡陋的小房子裏，過着儉樸的生活。他家裏最貴重的，也是他心愛的東西，是祖傳的兩枝銀燭台、六套銀餐具和一隻銀製的大湯勺。他不止一次說過：「要我不用銀餐具吃東西，看來是不太容易的。」

知識泉

主教：羅馬教會（天主教）中的高級神職人員，由教宗委任，可與教會的領袖教宗共同處理宗教事務，並擔任教宗的顧問。階級比神父高。

銀燭台：用來放置蠟燭的架子，通常由金屬製成。銀製的燭台是貴重的器具。

這天晚上，肥胖的女傭瑪格洛大媽一邊往餐桌上擺放餐具，一邊和芭蒂絲汀小姐談論該不該在大門上裝門閂的老話題。米里埃主教走了進來，瑪格洛大媽便把她在市場買菜時聽到的新聞又說了一遍：城裏來了一個形跡可疑的**游民**[1]，帶着袋子和繩子，面相兇惡……看來今晚城裏一定會出亂子，大家都要小心門戶……

正在此時，有人在門上重重地敲了一下。

「請進！」主教說。

門猛然被推開了，走進來一個人，就是剛才到處求宿的那個過路人。他背着布袋，手拿粗棍，眼睛裏有一種粗野、蠻橫、困倦和**勇悍**[2]的神情。壁爐裏的火正照着他，衣衫襤褸，兇惡可怕，簡直是惡魔現形，嚇得兩個女人目瞪口呆，大氣也不敢透一口。

主教用鎮靜的目光注視着來人，正想開口問他需要什麼，那人把雙手撐在木棍上，大聲說：「我叫桑·華尚，編號是二四六零一，是個苦役犯。我在監牢裏過了十九年，出獄四天了。現在我要去蓬塔利耶，我從土倫走來，走了四天，今天我已經走了十二

---

[1] **游民**：終日遊蕩沒有正當職業的人。

[2] **勇悍**：勇猛強悍。

法里，傍晚來到此地。我已到市政廳去請驗了通行證，但是因為我的通行證是代表刑滿釋放犯的黃色證件，所以沒有一家客棧肯收留我。我餓，我累，我冷，沒有落腳的地方，就睡在石板上，一個好心的婆婆叫我來敲這扇門。這是什麼地方？是客棧嗎？我有錢。我在監牢裏做了十九年苦工，積下了一百零九個**法郎**[1]零十五個銅板，我可以付錢，您肯讓我留宿嗎？」

知識泉

苦役犯：被迫從事艱苦勞動的囚犯，作為犯罪的懲罰。

蓬塔利耶：位於法國東部的城市，鄰近瑞士。

土倫：位於法國東南部的一個港口城市，鄰近地中海。

「瑪格洛大媽，」主教說，「再擺一副刀叉。」

來人似乎沒聽懂他的話，向前走了三步，又說道：「您聽到了嗎？我是一個苦役犯，剛從牢裏放出來。這就是我的黃色通行證，害得我處處被人趕。我唸給您聽：『桑・華尚，苦役犯，刑滿釋放。處獄中十九年，因穿牆行竊，判刑五年，四次企圖越獄，判刑十四年。為人異常兇狠。』就這樣！您肯收留我

---

[1] **法郎**：法國的貨幣。現時法國已停用法郎，改用歐元。

嗎？您有馬房嗎？」

「瑪格洛大媽，」主教說，「在壁廂的牀上鋪一條白牀單。」

接着主教回頭對來人說：「先生，請坐下烤烤火，暖暖身子，我們馬上吃晚飯了，您的牀會預備好的。」

那人終於弄懂了主教的意思，他那陰沉的臉上顯出了驚訝、疑惑和歡樂的表情，變得非常古怪，他像個瘋子一樣**囁嚅**①着：「真的嗎？您不趕我走？還用『您』稱呼我！我有晚飯吃了，還有一張牀？我十九年沒睡過牀了。您真是好人！我會付錢的，老闆先生，您貴姓？」

「我是本地的神父，」主教說，「不用付賬，留着您的錢吧！」主教要大媽點起銀燭台的蠟燭，使廳裏更加明亮，並照老規矩，在餐桌上擺出了招待客人用的另外三副銀餐具。

晚飯時，他們吃了菜油麪包湯、一點鹹肉、一塊羊肉、無花果、鮮乳酪和黑麥麪包，大媽又加上一瓶

---

① **囁嚅**：有話想說但又不敢說，吞吞吐吐的樣子。

陳年酒。華尚狼吞虎嚥地吃着，這些食物雖好，但他覺得對一位神父來說還是寒酸了些，那些車夫們吃的還比這位神父好些呢！

晚餐後，主教向妹妹道過晚安，便拿起燭台，領客人走到貼近自己卧室的壁廂裏，祝他睡個好覺。華尚突然叉起胳膊，兇狠地望着主教說：「哈！您真的讓我睡得離您這樣近？誰說我不會殺人呢？」

主教望着天花板，平靜地說：「那是上帝的事。」他回到屋裏祈禱，又走到園裏散步、潛思、默想。到他進屋睡覺時，大鐘正敲十二點，小屋裏一切都安然睡去。

第三節

沉淪

華尚實在太睏太累了，他**和衣**[1]倒在牀上酣睡了四個小時。清晨兩點，他醒來了。

四周仍是一片黑暗。白天的遭遇使他感觸太多，再也不能入睡，並陷入了紊亂的思索之中。

他生在一個貧農家裏，年幼時父母雙亡，是姊姊把他養大。成年後他繼承父業，做了修樹工人。他是個感情豐富的人，姊夫過世後，他就拚命工作，負擔起姊姊和七個外甥的生活，以報答當年養育之恩。

有一年冬天，他找不到工作，錢又用完了，於是打破了一家麪包店的玻璃櫥窗，偷了一個麪包想給家裏人吃，卻被當場捕獲，判了五年苦役。入獄時他一邊痛哭，一邊伸出右手緩緩按下去，一共做了七次，像是在依次撫摩了七個高矮不齊的孩子頭頂。

四次企圖越獄加重了他的罪行，服刑十九年後才

---

[1] **和衣**：不脱衣服睡覺。

獲釋。那十九年裏，他終日受着棍棒、皮鞭、**鐐銬**[1]的折磨，睡在囚犯的木板上，他捫着心反躬自問，他在心中組織自己的法庭審判社會。

他承認自己的魯莽行為應受指責，但是這個社會對他的遭遇不也應該負上責任嗎？他願意工作，但沒有工作；他有家庭，但缺少麪包；他犯了過失，也招認了，卻受到過於苛刻的處罰。他認為他自己對別人造成的損失，和別人對他造成的損失，兩相比較太不平衡。他的結論是：他所受的處罰肯定是不公平的，這個社會是不平等的，需要照顧的窮人往往得到最少而處罰得最苛。

他憤怒了。除了仇恨之外，他沒有別的武器。他進了囚犯學校，學習了讀、寫、算，增加了知識，也就是加強了他仇恨的力量。

十九年的苦役之後，這個人的心靈提高了，卻也墮落了；他一面醒悟，一面糊塗。酷刑使人冷酷，造就了野獸，華尚就是這樣一頭猛獸：他力大無窮，身手矯捷；他終年沉默，把仇恨深藏心頭、心如鐵石。

---

① **鐐銬**：鐐，加在腳上的刑具。銬，扣在手上的刑具。

入獄時他**慟哭**[1]戰慄、悲痛失望；出獄時卻陰沉憂鬱、**老氣橫秋**[2]，判若兩人。

華尚半夜醒來後，躺在牀上前思後想，這十九年的遭遇、這幾天的經歷，新仇與舊恨，在他心中翻來倒去。但有一樣東西卻反反覆覆地、一再出現在他腦子裏，壓倒了其他一切，那就是馬格洛大媽擺放在餐桌上的六套銀餐具，以及那把銀製的大湯勺。

那些銀器好重啊！全是古銀器，至少可以賣二百法郎！他煩躁不安，又猶疑不決，苦苦掙扎了一個鐘頭。三點的鐘聲敲響了，好像在催促他説：「動手吧！」他從布袋裏抽出一把**鐵杵**[3]，悄悄地溜進隔壁主教的卧室。

主教那均勻、安靜的呼吸聲，使他停下了腳步。月色透過窗子正好映照在主教的臉上，這安詳的面容隱隱現出滿足、樂觀和仁慈，他那隨意放鬆的睡姿，顯出一種無可比擬的奇妙和莊嚴。面對這善良慈祥、毫無防備的老人，華尚不禁膽寒。他站在主教牀前渾

---

① **慟哭**：形容哀傷地大哭。慟，粵音動。

② **老氣橫秋**：形容人沒有朝氣，死氣沉沉的樣子。

③ **鐵杵**：鐵棒，一頭粗、一頭細。

身發抖，覺得自己正面對着兩個關口，或是自絕，或是自救；他像舉手要擊碎那頭顱，或是去吻那隻垂在牀邊的手……

忽然，華尚舉起左手脫下了頭上的帽子，接着又戴了上去。然後他走向主教牀頭的壁櫥，拿起鐵杵準備撬鎖，但鑰匙已在上面了。他打開了壁櫥，提起那籃銀器回到壁廂，把銀器裝進布袋，然後跨窗翻牆，消失在黑暗中。

第二天早上，瑪格洛大媽發現銀餐具被偷，正心痛地絮叨着。突然門被「砰」一聲打開了，三個警察扭着一個人的衣領出現在門口。

「主教大人！」隊長走進來行了個軍禮。

「主教？」垂頭喪氣的華尚大吃一驚，「我還當他是一個神父呢！」

米里埃主教很快走上前來，望着華尚大聲說：「啊，您來了！又能見到您，我真高興。但是，那對燭台您怎麼不帶走呢？它們也是銀的，您可賣到兩百法郎哩！」

華尚瞪大雙眼，呆望着主教，臉上的表情是任何語言也難以描繪的。

「主教大人，那麼這個人説的是實話？」

「當然，」主教笑容可掬地説，「他對你們説他在神父家過了一夜，這些餐具是神父送他的，你們不信，就把他抓來了？你們誤會了！」

「那我們可以放他走了？」

「是的，」主教拿起兩枝銀燭台，遞給華尚説：「朋友，把這也拿走吧！永遠別忘記，您答應過我，要用這些銀子，使自己成為一個誠實的人。」

華尚根本想不起他曾允諾過什麼，他手握燭台愣了在那裏，聽着主教一字一句地說：「華尚，我的兄弟，您將改惡從善。我贖下了您的靈魂，我把它從黑暗的思想和墮落的精神中挽救出來，交給了上帝。」

離開主教的房子後，華尚飛也似地跑到城外。他在田野中亂竄，思緒紛亂。他説不出是受了感動還是受了侮辱，有時覺得心頭有一種奇特的柔情，與積聚心頭二十年的仇恨對抗着。立意復仇的決心在動搖，這使他**踟躕**①不安。落日西沉時，紅土平原上一片荒涼，他坐在一叢荊棘後沉思。

---

① **踟躕**：心裏遲疑，要走不走的樣子。這裏形容他立不定主意。

忽然，飄來一陣快樂的歌聲，一個十來歲的男孩順着小路走來。他嬉皮笑臉地唱着歌，邊走邊玩「抓子兒」的遊戲——把手心裏的硬幣拋起，然後用手背去接。他很靈巧，每次都能接到，但這次卻落了空，一個四十銅板的錢幣滾到了華尚的腳邊，華尚一腳踩住了錢。

小孩毫不驚慌，走上前來說：「先生，我的錢呢？」

「你叫什麼名字？」

「小瑞爾威，先生。請把錢還給我。」孩子天真地說。

「滾！」華尚突然大喝一聲。

「我要我的銀角子，請還給我。」孩子央求道。

華尚低頭不語。小孩急了，用手去推他，並用力去扳那隻踩着他的寶貝的大釘鞋。「我要我的錢，我的四十銅板！」小孩哭了。

華尚始終坐着，神色迷惑。忽然他抬頭問道：「誰在這兒？又是你！你究竟走不走？」他提着棍子站了起來，臉色兇悍。

孩子嚇壞了，他渾身發抖，愣了一會才拔腿跑開去。華尚在神思恍惚中，聽到一陣哭聲。

華尚站在原地一動也不動，彷彿在專心研究眼前草叢裏的什麼東西。一陣晚風吹來，他哆嗦了一下，扣上布衫，彎腰去拾地上的棍子。突然，他發現了那枚半埋在土中的銀幣，好像觸了電：「這是什麼東西？」他慌忙撲過去抓起它，循着小孩逃跑的方向奔去，並使出全身力氣高叫：「小瑞爾威！小瑞爾威！」

在寂寥的荒野上，他的吼聲悽慘駭人。追到三岔路口，他的呼聲漸漸變弱。他筋疲力盡，倒在地上，看來孩子早就跑遠了。

這時，他遇見一位騎馬的神父，便問神父認不認識小瑞爾威，神父説不認識，可能不是這個地區的孩子。華尚掏出四個五法郎的錢給神父，要他轉交本地的窮人。

他又跑着叫着趕了一程路。月亮出來了。忽然，華尚跪倒在地，雙手揪着自己的頭髮，把臉藏在膝蓋中喊道：「我是一個無賴！」

他的心碎了，痛哭失聲。十九年來，他第一次流下眼淚。他哭了許久，哭聲中，囚犯華尚消失了，主

教的光明形象在他心中現了出來。他到底哭了多久？哭過以後幹了些什麼？到哪兒去了？沒人知道。據説那晚有人路過迪涅城，在半夜三點鐘光景，發現米里埃主教家門口跪着一個人，彷彿是在黑暗中祈禱。

第四節

芳婷託孤

1817年，在巴黎附近的孟費梅有一家客店，是德納第夫婦開的。店門上有塊木板，板上畫着一個人，背着一個將軍，這可從那軍服上帶銀星的大肩章上見到。木板上有些紅糊糊的代表血，黑麻麻的象徵戰場上的硝煙，看來那作畫的藝術家大致想描繪戰場上的情景。木板下端寫着「滑鐵盧中士客棧」幾個字。

知識泉

硝煙：戰場上因燒槍炮火藥而冒出的煙灰，由於大量爆炸，通常都呈烏黑的濃煙。

一個春日的傍晚，德納第大娘陪着她那兩個如花似玉的小女兒在客店前玩耍。客店前面在很久之前就停放着一輛貨車的殘骸，兩個巨輪上有一根粗笨的鐵軸，軸下橫掛着一條粗鐵鏈，兩個小女孩坐在彎彎的鐵鏈上，如同坐在鞦韆索上。德納第太太用一條大毛巾巧妙地繫住她們以免摔下，而她就蹲在客店門口，用一根長繩拉盪着孩子。那兩個小女孩樂得高聲尖叫，她倆那天真的臉龐上流露出又驚

又喜的神色。

「大嫂，您那兩個小寶寶真可愛。」德納第太太回頭一看，不知什麼時候，她身邊站着個女人，懷裏抱着個小女孩，手上挽了個大衣包，像是個來自農村的女工。她年紀很輕，長得也不難看，但卻顯得憔悴憂鬱，好像有病。一塊難看的頭巾包住了她的一頭金髮，美麗的雙眼枯澀，一口潔白的牙齒很整齊，卻不輕易露出，因為她很少啟齒笑一笑。她慈愛地望望鞦

韆，又瞧瞧自己懷中的孩子，伸出枯黑、遍滿針痕的手撫摸着她。

「我叫德納第太太，這家客店是我們開的。」客店女主人説着，把兩個女兒從鞦韆上解下來，叫三個孩子一起玩，兩個母親就坐着聊了起來。

那個年輕的母親叫芳婷，生於海濱蒙特伊的社會低下階層。誰也不知道她的父母是誰、她姓什麼，「芳婷」這個名字也是一個路人隨口給她起的，大家就叫她小芳婷，此外就什麼也不知道了。

> **知識泉**
>
> 海濱蒙特伊：蒙特伊市，位於法國北部，因鄰近海邊而常被稱為「海濱蒙特伊」。

十五歲那年，她到巴黎來「碰運氣」。她生得美，牙齒潔白，頭髮淺黃，被稱為「金髮美人」。她在巴黎當女工，後來愛上了巴黎大學生多羅米埃斯。在當時，大學生和女工調情是常見的事。對那些風流**倜儻**[1]的大學生來説，拈花惹草是逢場作戲，但芳婷卻付出了真情。

一天，芳婷和三個女伴隨同她們的情人出外郊

① **倜儻**：灑脱、不受拘束的樣子。

遊，歡樂地玩了一整天，到了晚上，那四個大學生對他們的女伴們開了一個「巧妙的玩笑」——他們把姑娘們遺棄在飯店裏，並留下一封語帶諷刺的告別信。三個姑娘很快便把這事丟置腦後，但可憐的芳婷卻背着人哭了一整天——她已經像委身於自己丈夫一樣，把自己交託給多羅米埃斯，而且還有了一個孩子。

芳婷決定回故鄉蒙特伊去工作，用自己雙手來養育這個沒有父親的孩子。可是帶着孩子回去很不方便，她在想……

「您的女兒叫什麼？幾歲了？」德納第太太問。

「叫珂賽蒂，快三歲了。」

「哈，和我的大女兒同年。説不定人家會以為她們是三姐妹呢！」德納第太太望着額頭挨在一起玩着的三個小女孩説。

芳婷正等着這句話呢！她握住德納第太太的手，盯着她説：「大嫂，您肯替我帶女兒嗎？」她解釋説，她是個女工，丈夫過世了，在巴黎找不到工作，準備回鄉下去，但帶着孩子不方便，另外她願意每月付六個法郎作為孩子的生活費。

「至少七法郎，要預付六個月。」一個男人的聲音突然從客店裏叫出來。

店主露面了，他看中了芳婷手上的大包袱，還要求有十五法郎的安置費。交易做成了。芳婷在客店裏住了一夜，交出了她的錢和為孩子改製的漂亮衣衫，留下了孩子。離開時，這位母親肝腸寸斷。德納第夫婦既弄到一棵搖錢樹，又得到一個樂於助人的好名聲；等珂賽蒂稍大一些，他們又添了個不花錢的女傭。至於芳婷用自己衣衫為女兒縫製的小衫裙，自然都是打扮了德納第的兩個女兒。

這德納第夫婦是什麼樣的人呢？這裏先簡單地描繪幾句。這是一個暴發戶家庭，屬於那種爬了上去的粗鄙人和失敗了的聰明人所組成的階級，處於中層階級與下層階級之間。但他們既無工人那大公無私的熱情，也沒有中層階級那誠實的信條，卻兼有了這兩個階級的弱點和惡習。

> **知識泉**
>
> 暴發户：以投機或不正當手段突然致富的人，有鄙視的意思。

德納第這人，誰望他一眼便會感到侷促不安，引起戒備之心。他令人感到陰森森的，目光中那遮遮掩掩的神情，永遠使你不知道他曾幹過什麼和將要幹什麼。他在人前聲勢兇狠、咄咄逼人；在人後是鬼鬼祟祟、提心吊膽。他們是卑鄙小人，是無賴。德納第說，他過去是當兵的，是個**中士**[1]，參加過1815年的滑鐵盧戰役，據說還表現得相當勇敢。後面我們將會看到他究竟是怎樣的一個人。

知識泉

滑鐵盧戰役：1815年3月20日，曾為法國皇帝的拿破崙一世進軍巴黎，趕走當時的法王路易十八，重掌政權。英、奧、普、俄等國結成聯盟，進攻法國。6月18日，英普聯軍在比利時南部滑鐵盧附近，大敗拿破崙軍隊。

① **中士**：軍隊裏的階級之一，位於上士和下士之間。

第五節

馬德萊先生

1815年底，一個12月的黃昏，蒙特伊市的**區公所**[1]失火。當時正好有一個背着口袋、手拿粗棍的外鄉人經過這裏，他衝入火海，不顧自身生命危險，救出了兩個孩子，他們恰恰是警察隊長的兒子。感激之中，沒有人想到要查看他的通行證，盤問他的來歷。不過從那一天起，人們都知道了他叫馬德萊先生。

蒙市有一種傳統的行業——仿製英國黑玉和德國黑玻璃首飾，但近年來因為原料昂貴、工藝複雜，正越來越不景氣。馬德萊見狀，想到了用膠漆代替樹脂作原料，改手鐲的焊接為彎頭，這些改革起了很大作用，降低了成本和商品售價，利潤更增加了三倍，工人的工資提高，廠商也獲得厚利。整個行業起死回生，馬德萊也因此成為了富翁。

第二年年底，他建造了高大的廠房，設立男女工

[1] **區公所**：行政機構，負責處理該區政務、執行市政府發下來的命令等。這裏指區公所辦公的地方。

車間[1]，招工條件只有一個：男的要勤勤懇懇，女的要品行端正，因為馬德萊要求每個僱員都要做一個誠實的人。

經商致富似乎不是他的目的，他為別人想得多，為自己做得少。他以私人名義把六十三萬法郎存入銀行之前，已經為這座城市和窮人用去了一百多萬。他擴建醫院，重建小學，津貼教員，又創設貧兒院，為年老和殘疾工人創辦了救濟儲金，設立免費藥房等。

他的出現就如救星降臨，以前此地的各項事業都很蕭條；現在大家都有了健康的勞動生活，失業和貧窮已被消滅，整個城市欣欣向榮。人們都很敬愛他，稱他為馬德萊伯伯。州長保薦他做蒙市市長，但他推辭不受，後來百姓一致請願，國王又任命，州長也來勸，他只好接受了。1820年，也即他來到蒙特伊的第五年，他就任蒙特伊市市長。

知識泉

蕭條：經濟衰退期，工業生產處於停滯狀態，物價低落，商業活動萎縮等等。

馬德萊五十多歲，目光嚴肅、面色焦黑，像個工

① **車間**：在企業或工廠的生產過程中，負責某項工作的部門，也指工廠裏工人工作的地方。

人；但神情沉鬱、落落寡歡，又像個哲學家。他待人真誠，但不愛交際，閒時喜歡閱讀和去田野散步。雖已上了年紀，但體力仍不可思議，往往在必要的時候助人一臂之力，幫人扶起一匹馬、逮捉一隻逃脱的公牛，或是推動陷入泥坑的車等等。他樂善好施，往往出門的時候袋中裝滿錢，回來時卻囊空如洗，他的錢不是吃喝玩樂全花掉了，而是偷偷地在一些窮人家裏放幾個錢，不動聲色地都送了出去。他具有豐富的生活知識，往往把各種有用的秘訣教給農民。他為人和藹誠懇，人們説：這是一個有錢而不驕傲、幸福而不自滿的人。

1821年初，報紙上刊登了迪涅城的米里埃主教於八十二高齡逝世的消息。第二天，馬德萊先生穿了一身全黑的衣服，帽子上戴了黑紗。市長為主教戴孝，一時引起人們紛紛議論，以為市長與那位德高望重的主教有什麼親戚關係，這就更提高了馬德萊先生的身分，使他獲得了蒙市上層社會的重視。

知識泉

戴孝：有親人離世的家裏，死者親屬和親戚在死者去世後一段時期內穿着孝服，以表哀悼。歐、美等地習慣穿黑色衣服，中國多穿白衣素服。

第六節
密探沙威

馬德萊先生在蒙市的威望與日俱增，以前對他不利的一些敵意批評和惡意中傷都在他的崇高人品前漸漸消失。可以說，全蒙市的居民都十分敬愛他，只有一個人例外。

每當馬德萊先生平靜而和藹地在街上走，接受大家問候的時候，總有一個身穿鐵灰色禮服、個子高高的人，拿着一根粗手杖，戴一頂垂邊帽，走到他背後，又突然回過頭來盯着他，直至看不見他為止，隨後抱起胳膊、搖搖頭，做個鬼臉，心中嘀咕着：這個馬德萊究竟是什麼人？我肯定在什麼地方見過他……總而言之，我還沒有上他的當。

這個嚴肅得嚇人的人物叫沙威，是個密探。

知識泉

密探：專門做秘密偵察工作的人。

他在監獄裏出生，母親是個算命的人，父親是苦役犯。成年後，他認定自己是社會的局外人，出路只有兩條：或是攻擊社會，或是保衞社會。他認為自己有一種剛毅、規矩、嚴謹的本質，加上出於對自身所屬游民階層的仇恨，他當了警察。他年青時曾在南方的監獄服務，隨後一帆風順，四十歲就做了督察。

他有塌鼻子、絡腮鬍，腦袋奇小，但牙牀特大，頭髮垂到眉際，雙眉永遠緊鎖；他目光深沉冷峻，嘴唇緊緊閉合，嚴肅時像獵狗，笑起來像老虎，總之是一副令人生畏的兇惡相。

> **知識泉**
>
> 絡腮鬍：連着鬢角的鬍子。

他生就兩種感情：尊敬官府，仇視反叛。他恪守職責，執法嚴酷、無私、絕情、殘忍，一生只在「警惕、偵察」上下功夫。他像一隻永遠盯在馬德萊先生身上的眼睛，不放過他的一舉一動。後來，馬德萊先生也發覺了這隻盯着自己的充滿疑惑和猜忌的眼睛，但他一句也沒問過沙威，既不找他也不避他，泰然自若地承受那咄咄逼人的目光，輕鬆和藹地對待他，就像對待其他市民一樣。

沙威相信自己抓到了一些線索，尋到了一些**蛛絲**

---

① **蛛絲馬跡**：比喻查究事情根源的極其細微的線索。

馬跡[1]，但對方的安詳寧靜又使他困惑。

有一次，沙威的奇特行為好像傷害到了馬德萊先生。事情是這樣的：

一天早上，馬德萊先生經過一條沒鋪石塊的小街時，聽到一陣嘈雜聲，見到遠處聚集着一堆人。他趕到那裏，一個叫割風伯伯的老人被壓在一輛大車下面，原來拉車的馬滑倒了。

割風是個破產的鄉吏，是一貫歧視馬德萊的那幾個少數冤家之一。他忌恨馬德萊的發達，曾竭力暗算對方以保住自家生意，到破產後以駕車為生。剛才馬蹄打滑，把他掀下馬車並壓在車輪底下，整輛車的重量都壓在他的胸口上，使他痛得慘叫。惟一的辦法是抬起馬車，把他拖出來。

「有千斤頂嗎？」馬德萊問。

「已叫人去找了。」

「多久能找到？」

「至少要一刻鐘。」

「什麼？不出五分鐘他的肋骨就會折斷！」馬德萊喊道，「看，車下有地方，可以爬進去用脊背把車

知識泉

千斤頂：一種用來頂起重物的工具，通常有液壓式和螺旋式兩種，在安裝、修理機器等工作中常會用到。

拱起來。誰肯去？我出五個金幣！」

人羣中沒有人響應。

「十個金幣！」

人們垂下眼睛，有人提醒説：「除非有魔鬼那樣的力氣，不然連自己都會被壓得粉碎！」

「來吧，二十個金幣！」馬德萊又喊道。

「市長先生，」不知什麼時候，沙威出現了，他一字一板地説道，「他們的力氣不夠。我知道有一個人，能代替千斤頂。」

馬德萊吃了一驚，臉色變得蒼白。

車在一點點往下陷，割風老人的慘叫撕人心魄。馬德萊問人羣：「沒有人能救他？」

「只有一個人！」沙威逼視着馬德萊説，「一個苦役犯，土倫監獄的苦役犯。」

馬德萊面色蒼白，環顧了周圍的人羣，苦笑了一下。隨後他一言不發，跪着爬進車底。

驚心動魄的沉寂。馬德萊兩次想把手肘靠近膝頭，都沒成功。車仍在往下陷，看來馬德萊也沒機會出來了。

突然，那龐然大物動了起來，車慢慢地上升了，

輪子起來了一半。車底下一個微弱的聲音在喊：「趕快，幫忙！」

人們一擁而上，抬起了大車，割風得救了。

第二天早晨，割風的病牀牀頭放着一張一千法郎的支票，馬德萊買下了他那匹死了的馬和毀壞了的大車。割風的膝頭骨壞了。馬德萊推薦他到巴黎的一個修道院去當園丁。

第七節

芳婷的結局

芳婷從巴黎回到蒙特伊的時候，家鄉的工業正在復甦，她很容易地在馬德萊先生的工廠裏找到了工作，可以光明正大地自食其力了。她按時給德納第夫婦寄錢，每月七法郎，又為自己租了間小屋子，並以將來的工資作擔保，買了些家具。她終於重拾歡樂了！

一年還不到，德納第來信說孩子安好，但生活費要加到每月十二法郎；又過了一年，增加到每月十五法郎，作母親的只好照寄。因為她不會寫信，只會簽名，所以每次都去找一個老頭兒代筆。她寄信頻繁，引起了別人的注意。

有一個刻薄刁鑽、專愛打聽別人私事的女人還特地按老頭提供的地址，去孟費梅跑了一趟，見到了寄養在德納第家的珂賽蒂，回來後為了「世道人心」，大揭芳婷的秘密：她居然私下哺養着一個沒有父親的孩子，她的道德墮落和品行不端，還用多說嗎！

於是，芳婷被工廠解僱了。女車間主管給了她五十法郎，並代表市長宣布，要她離開蒙特伊市。芳婷如五雷轟頂，只是她還欠着房租和家具錢，所以暫時還不能離開本地。

她想到一些人家去當女傭，但是因為她的醜聞而沒人請她。她只得替兵營裏的士兵縫粗布襯衫，每天賺十二個銅板，其中十個要付女兒的生活費。從這時起，她不能按時如數寄錢給德納第夫婦了。由於憂勞過度，她的乾咳病又犯了，還常常發燒。

冬天來到，德納第來信說珂賽蒂沒有冬衣，要她速寄十個法郎去。芳婷沒有辦法，只得賣了自己那一頭秀麗的金色長髮，換來十法郎，為女兒買了條羊毛裙寄去。誰知德納第夫婦要的是錢，羊毛裙只是點綴了他們的大女兒潘妮，可憐的珂賽蒂仍在寒風中打顫。

從孟費梅又來信了，說是珂賽蒂得了猩紅熱，若不在八天之內寄去四十法郎，她就性命難保。芳婷把自己兩顆美麗的、潔白如玉的門牙賣給了江湖牙醫，四十法郎寄到了孟費梅。

知識泉

猩紅熱：溶血性鏈球菌引起的傳染病，患者主要是兒童。病發初期會發燒和喉嚨痛，舌頭表面像草莓一樣呈紅色和有凹凸外貌，身體和頸出現紅疹，期後蔓延到四肢，多在一星期內消退，接着指尖、腳趾等地方會脫皮。

芳婷再也不照鏡子了。她搬進小閣樓，每天拚命工作，日夜十七個小時縫衣服，掙回九個銅板。債主時時登門，胸口陣陣發痛。她夜夜哭泣，把僅存的一絲希望寄託在女兒身上。

可是，孟費梅的討債鬼窮追不捨：馬上寄一百法郎來，不然大病初癒的珂賽蒂就要被趕出大門！

一百法郎！上哪兒去弄這筆錢啊！

豁出去吧！把自己剩下的一切都賣掉！芳婷狠下決心。這苦命的女人做了**公娼**[①]。

1833年1月的一個雪夜，芳婷身穿坦胸露肩的跳舞衣服，頭戴花兒，在咖啡館門口走來走去兜生意。後面跟着一個披着大衣、吸着煙斗的花花公子，一次又一次地戲弄她、侮辱她。他把滿口臭煙噴在她臉上，嘲笑她沒有門牙。芳婷的沉默激怒了他，他抓起一團雪偷偷塞進她赤裸的背脊裏。芳婷忍無可忍，狂叫一聲撲了上去，揪住這個人又打又罵，兩人在地上扭打成一團。這時沙威出現了。一個娼妓竟敢攻擊一個紳士，這可是宗大罪！沙威把她帶到警察局，判了

---

① **公娼**：獲批准營業的妓女。

六個月監禁。芳婷跪下求饒，敍述事情真相，為自己辯護，但是鐵石心腸的沙威督察執法如山，絲毫不為所動。

這時有個人走了上來，沙威抬頭行禮道：「市長先生……」一聽到市長兩字，芳婷想起了自己的這一切苦難都是由這人造成的，頓時怒火上升，不顧一切從地上爬起，一口唾在他臉上。

「放了這女人！」市長擦了擦臉説。

「不行，市長先生，她侮辱了一位紳士！」

「是那位紳士先侮辱了她，你應該把他抓起來才對。」原來市長剛才經過廣場，聽説了這件事。

沙威又説：「這下流的女人還侮辱了市長！」

「這是我的事，我會處理。」

「不，這不屬市長個人，而是屬於法律的事。」

「沙威督察，」馬德萊先生説，「最高的法律是良心！聽清楚了，她一天監獄也不用坐！」

他命令沙威退下，聽芳婷敍述了她的身世，然後説道：「你的事我以前不知道，我相信那都是真的。我很抱歉，那車間女管工這樣把你趕了出來，使你陷入這境地。我願彌補你的損失，把你女兒接來，或者讓你去她那裏，我負責你們母女的生活費。你們會生活愉快的。你的一生，在上帝面前一直是清白貞潔的，你這可憐的女人！」

芳婷不能接受這突如其來的幸福，她只能在痛哭聲中啊、啊地呼喚着，跪在馬德萊先生的面前，吻着他的手，突然她昏倒了。

馬德萊把芳婷接到工廠的療養室，她持續發高燒，那一把塞在她背上的雪使她原有的肺病惡化，情況越來越嚴重了。

馬德萊先生給德納第夫婦發了信，並寄去三百法郎，要他們馬上把珂賽蒂送來。德納第見到有利可圖，越發不放走孩子。馬德萊先生照着芳婷的話，寫了一封要求領走孩子的信，叫芳婷簽了名，準備抽空自己去跑一次。

第八節

尚馬梯案件

一天，馬德萊先生正在辦公室裏處理幾件公事，督察沙威求見。

沙威畢恭畢敬地向市長行了禮，說是要向他報告一宗嚴重的冒犯、**瀆職**[①]罪行——一個下級誣告自己的長官。

「你說的那個罪人是誰？」

「是我。」沙威說。

「那麼，被誣告的長官又是誰呢？」

「您，市長先生，」沙威低眉垂眼，神情嚴肅地解釋道：「芳婷的事發生後，我很氣憤，便寫信到巴黎警察總署告發您是個苦役犯。根據我長久的觀察，您的力氣、您那腰勁、槍法的準確、有點瘸的腿……總之，我斷定您就是那個人了。」

「他叫什麼名字？」市長臉色鐵青。

---

① **瀆職**：不盡職，在執行任務時犯下嚴重過失。瀆，粵音讀。

「華尚。二十年前我在土倫做副監獄官時見過他。出獄後他在一個主教家偷過東西，又在路上持械搶劫了一個孩子。八年以來他無影無蹤，政府仍在緝拿他。我原以為……」

馬德萊先生拿起一份文件，毫不關心地問道：「那麼總署怎麼答覆你的呢？」

「他們說我瘋了。後來證明他們是對的，因為真正的華尚已經抓到了。」

「啊！」馬德萊先生手中的文件掉了下來，他抬眼盯着沙威，用一種無法形容的聲音叫了出來。

沙威告訴他說，前不久抓到一個叫尚馬梯的老頭，被人認出是當年土倫監獄裏的華尚。沙威也去看過，確實是他。這次他又犯了潛入別人花園偷蘋果的罪，明天要在**阿拉斯**[1]法庭受審，沙威今晚就動身前去指證。

說到最後，沙威要求市長**革職**[2]處分他，因為他「濫用職權，告長官的密，已經墮落成奸細」。市長說他這麼盡責，應該提升，決定繼續留用。

---

[1] **阿拉斯**：法國北部的一個城鎮。

[2] **革職**：開除職務。

這天晚上，睡在市長先生樓下房間裏的**出納員**[1]在睡夢中幾次被驚醒，樓上傳來單調而憂鬱的腳步聲，看來市長先生在來回踱步、徹夜未眠……

第二天，市長先生把芳婷託付給修女照料，他租了一車一馬，準備出門遠行。芳婷以為他是去孟費梅接珂賽蒂的。

在阿拉斯法庭裏，尚馬梯案件的審訊已經接近尾聲。三個小時中間，檢察官陳述控詞、證人作證，辯護律師作辯護……一切都已很清楚了，坐在木凳上的這個亂髮蓬鬆的老頭不是什麼尚馬梯，而是名叫華尚的舊苦役犯，一個危險的暴徒，舊罪加新犯，必須嚴加懲辦。

現在到了宣告辯論終結的時候，馬德萊市長已經坐在這裏聆聽了一個鐘頭。忽然他站了起來，臉色慘白，身子微微發抖，他的頭髮在剛到阿拉斯時還是斑白的，現在卻全白了。他轉向陪審員和法庭人員，委婉地說：「請釋放被告，拘留我吧！你們要逮捕的人不是他，是我。我才是華尚。」

---

[1] **出納員**：在機構或企業中負責財務工作的人。

庭長以為他神經錯亂了，要求醫生來照顧他。為了解除大家的疑慮，馬德萊簡述了自己的犯罪史，道出了三個作證的舊苦役犯的特徵，以證實自己確是華尚。在眾人一片驚愕聲中，他宣布將聽候法院處理，但現在先要回去辦完幾件事，於是離開了法庭。

華尚回到蒙特伊，來到芳婷的牀邊，芳婷已瀕臨死亡的邊緣。她正在幻想將要和女兒重逢時，忽然看見市長先生背後出現的沙威，嚇得驚叫救命。華尚安慰她說：「他不是來找你的。」

沙威得意地高叫：「快走！」並一把抓起華尚的衣領。

芳婷喊道：「市長先生！」

沙威放聲大笑：「這裏再也沒有市長先生了，只有一個賊，一個苦役犯，叫華尚！」

氣急攻心、一口痰湧了上來、芳婷的牙齒格格作響，她痛苦地伸出**痙攣**[1]的手，一下子倒在枕頭上，一動也不動。她死了。

沙威把華尚關進了蒙特伊監獄。當天晚上，華尚

---

[1] **痙攣**：肌肉緊張，不自然地收縮。多由中樞神經系統受刺激引起。

越獄回家，寫信請神父料理他的家務，除了訴訟費和芳婷的喪葬費外，餘下的錢全部捐給窮人。他還從銀行提出了那筆巨款，埋在森林深處一個神秘的地方。

不久，華尚在巴黎再次被捕，押送到土倫監獄，被判終身苦役。年底，當地報紙上刊登了一則消息：「1823年11月17日，昨天，有個在奧利昂船上幹活的苦役犯，在搭救了一名水手之後，不慎落水淹死。屍體尚未發現，估計已陷入兵工廠堤岸盡頭的木樁下面。犯人在牢中的編號是九四三零，名叫桑・華尚。」

第二章　珂賽蒂

第一節

戰場上的夜景

知識泉

拿破崙：即拿破崙一世（1769-1821），法國的政治家和軍事家，法蘭西第一帝國百日王朝皇帝。出生於破落的貴族家庭，曾一舉擊敗佔領法國土倫港的英國海軍艦隊而舉世矚目。

1815年6月18日，英普聯軍在滑鐵盧戰場上大勝，拿破崙敗給了英國威靈頓將軍，結束了他的「**百日政變**[1]」，法國輸給了歐洲，戰場上留下了六十萬具死屍。

那是個月圓之夜，血染沙場並不影響月色的皎潔，慘淡的月光照着屍首遍布的聖約翰山的原野。遠處一東一西的兩個村莊還在燃燒，高坡上的英軍夜巡隊正返回營地，帳幕前足音隱約可聞。夜半時分，一個人影在奧安公路一帶**匍匐**[2]行

---

[1] **百日政變**：也叫「百日王朝」。曾是法國皇帝的拿破崙敗給英國後被放逐到厄爾巴島，1815年3月20日，拿破崙再次執政，直到6月18日在滑鐵盧戰役中慘敗而宣布遜位，後被流放到大西洋南部的聖赫勒拿島。這段執政時間前後約一百日。

[2] **匍匐**：在地上爬行。粵音蒲服。

進。他既不是法國人，也不是英國人；既不是農民，也不是士兵；三分像人，七分像鬼。他鬼鬼祟祟、四處張望，行走在血污和死屍之間，是一個聞屍味而垂涎、以偷盜為勝利來搜括滑鐵盧的竊賊。他的布衫下有個大口袋，他不時停下來，彎腰去翻動地上一些不出聲的東西。

不遠處，路旁的一所破屋後面停着一輛小貨車，車裏有個女人坐在一些箱匣包袱上，似乎是在等候什麼人。

在血肉堆中行走的人影忽然停下，屍堆裏有一隻手伸在外面，手指上一隻明晃晃的金戒指依稀可見。那人蹲了下去，金戒指即刻進了他的大口袋。當他要站起來的時候，那隻手卻一把抓住了他的衣角。換了是個誠實的人，一定會嚇得魂飛魄散，但這人卻笑出了聲：「幸好是死人，不是**憲兵**[①]！」

那隻手鬆開了，他正想離開，卻又想道：「難道這人還活着？我倒要看看！」於是他用那狼爪似的雙手翻翻扒扒，抓着那隻手，從屍堆裏拖出一個半斷氣

---

① **憲兵**：某些國家的軍事政治警察。

的人，這是個騎兵高級軍官，臉上血肉模糊，有一條刀砍的長長的傷口。竊賊很快在他身上搜索了一遍，捲走了一個銀十字勳章、一隻錶和錢包。

這時，軍官睜開雙眼，氣息奄奄道：「謝謝！」夜風使他清醒了些，他又問：「誰打贏了？」

「英國佬！」那賊回答。

「請摸摸我的口袋，有一隻錶和錢包，您拿去吧！」

賊人假裝尋了一遍，說：「什麼也沒有。」

「真抱歉。您救了我的命，您是誰？」

「法軍中士，德納第。」

「我不會忘記您的，請您也記住我的名字，我叫彭眉胥……」

巡邏隊的腳步聲近了，那賊人趕快溜走。

德納第，這個人根本不是什麼中士。他以隨軍小販為名、以偷竊為實，在滑鐵盧戰場上撈到不少「油水」，夫婦倆便用這些錢財，在孟費梅鎮開了家小客店，生了兩個女兒和一個兒子。這就是芳婷託孤的那戶人家。

第二節
實現對死者的諾言

德納第夫婦是對冷酷貪婪的吸血鬼，寄養在他們家裏的珂賽蒂不僅每天要做各種繁重的家務，還受到他們殘酷的虐待。雖然她只有八歲，卻已受過那麼多的折磨，以致那副苦相使她看起來已經像個老太婆了。當年那個雙頰紅潤、美麗可愛的珂賽蒂早就消失得無影無蹤，假如芳婷來見了她，也肯定認不出這可憐的女孩會是她的寶貝女！

1823年的聖誕夜，外面一片漆黑。客店裏來了四個客人借宿，馬兒沒有水喝，德納第太太要珂賽蒂立刻去提水，並給她一個十五銅板的錢幣，要她回來時買個大麪包。珂賽蒂把銅板放在圍裙的小口袋裏，提起比她還大的水桶，抖抖索索地走進樹林，到泉邊去取水。

樹林裏好黑呀，四周還發出悉悉卒卒的怪聲音，珂賽蒂十分害怕。她什麼也不想、什麼也不看，徑直走到泉邊。她沒有停下來喘一口氣，扶着一根橡樹幹，彎腰把水桶浸入水中打水。由於她太緊張，沒有注意到圍裙袋裏的銅板掉到水裏去了。她提上來滿滿一桶水，擱在草地上，舒了口氣。

她覺得精疲力竭，再也沒有力氣把水提回去了，可是總得回去，還不能太晚。珂賽蒂歎了口氣，提起水桶往回走。水桶是那麼重，她只得走幾步，歇一會兒，再走幾步。她的一身布衫破爛不堪，光腳穿一雙

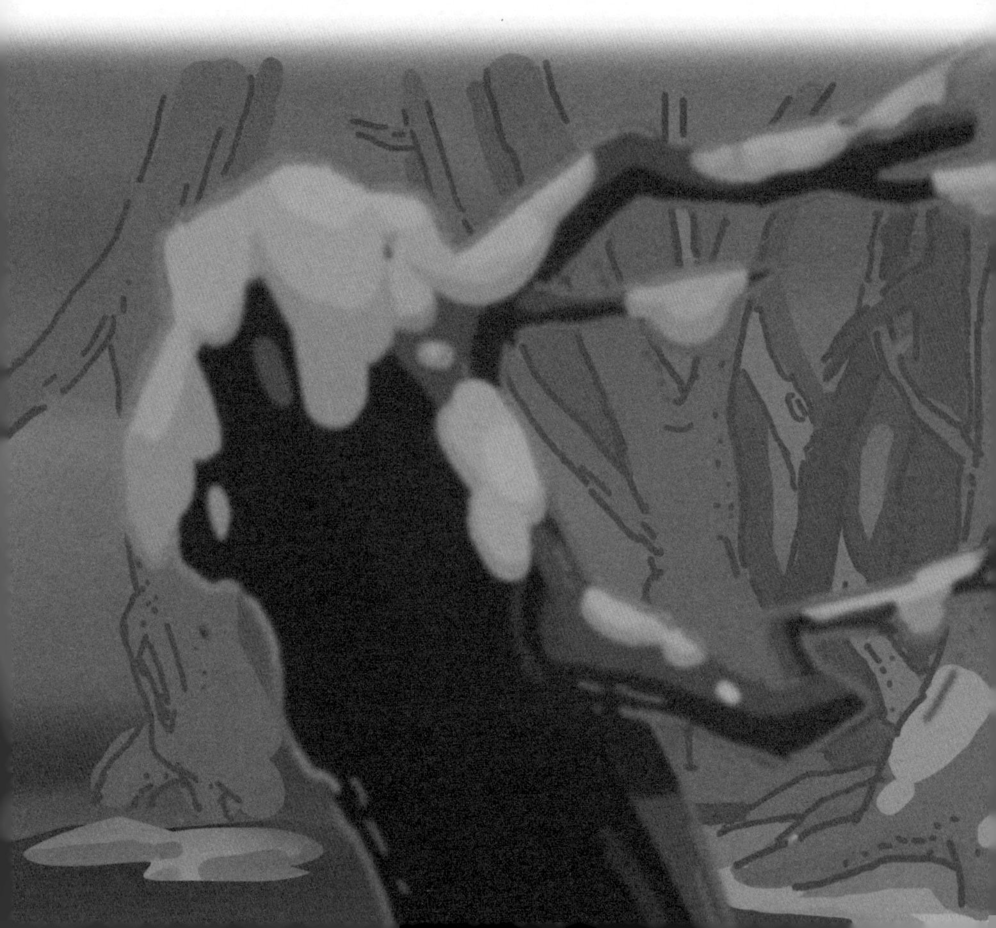

木屐，冰冷的水不時從桶中濺出掉在她腳上。水桶把她兩條瘦骨嶙峋的細胳膊拉得筆直，卻把腰彎成了弓形。她正如此歇歇停停、一步步往前挨的時候，猛然間感到雙手一鬆，手上的水桶一點也不重了，一隻無比粗壯的手把她的水桶提了過去。她抬頭一望，有個高大的身影在黑暗中陪她一起往前走着，她竟一點也不覺得害怕。

「孩子，你提這桶水，不是太重了嗎？」

「是呀，先生。」

「你要去的地方還遠嗎？」

「從這裏走，足足要一刻鐘呢！」

陌生人沉默了一會，又問道：「難道你沒有媽媽？」

「我不知道，」孩子説，「我想我是沒有媽媽的，別人都有，我沒有。」

那人放下水桶，彎着腰，把雙手放在孩子肩上，想在黑暗中看清她的臉。

「你叫什麼名字？」

「珂賽蒂。」

那人像是觸了電似的一震。過了一會，他提起水桶又走了起來。

「誰叫你這個時候出來打水的？」

「德納第太太，我的東家，開客店的。」

「開客店的？」那人説，「我正要到那兒去過夜。」

快到客店的時候，珂賽蒂怯生生地推推陌生人的胳膊説：「先生，把水桶給我提好嗎？要是太太看見

別人替我提的話，要打我的。」

門開了，一枝蠟燭出現在門口，照見了德納第太太的一副兇相。看見有客人，那兇相立刻變為一張笑臉；但是來客的破大衣和簡陋行裝，又使笑臉返回怒容：「對不起，沒有房間了。」

「閣樓、馬棚都可，我照一間房的價格付賬。」

「四十銅板。」

客人不介意，進屋靠桌坐下。珂賽蒂連忙擺出一瓶酒和杯子，然後蜷縮在桌子下織毛線。爐火照着她，使她顯得格外可憐。她骨瘦如柴，雙眼無神；衣服好似一堆破爛布，破洞裏露出青一塊紫一塊的皮肉，那是德納第太太抽打出來的鞭痕；雙手全是凍瘡，兩條光腿也凍得通紅。她的神情比她的模樣更令人觸目驚心，她的一舉一動都只表現和透露了一種心情：恐懼。

那個穿黃大衣的陌生人一直盯着珂賽蒂看。

德納第太太忽然叫了起來：「咦，麵包呢？」

珂賽蒂趕忙從桌子下面鑽了出來：「太太，麵包店關門了。」

「如果你説謊，我要抽得你雙腳直跳。錢呢？」

珂賽蒂把手伸到圍裙袋裏，臉色一下子青了——那個十五銅板的錢幣不見了！小姑娘嚇壞了，一句話也說不出來。

太太暴跳如雷：「你把十五個銅板丟了嗎？還是想騙我的錢？」她伸手去取牆上的皮鞭。

珂賽蒂嚇得大叫：「饒了我吧！下次不敢了！」

陌生人開口說：「太太，剛才有個東西從她口袋裏滾出來，恐怕就是那角子吧？」他彎腰在地上找了一會兒，直起身來給了太太一個銀幣。

「是的，就是這個。」雖然這是個二十銅板，德納第太太當然願意多賺五個銅板。

這時進來了兩個小姑娘，那是店主的女兒潘妮和茲瑪。她倆打扮得漂漂亮亮的，不像是農民的女兒，倒像是有錢人的小姐。她們坐在地上玩一個已經很破舊了的玩具娃娃。珂賽蒂不時從手裏的毛線活上抬起眼，憂鬱地望着她們。

德納第太太又大叫道：「啊，抓到你了！你是怎麼幹活的？我要用鞭子來教你幹活！」

陌生人微笑着說：「太太，讓她玩玩吧！」

「她必須工作，我不能白養活她。」

「她在幹什麼活兒？」

「在給我的女兒織襪子。」

「襪子織好後值多少錢呢？」

「至少三十個銅板。」太太輕蔑地瞪了他一眼。

「我給你五個法郎買下這雙襪子，」那人拿出硬幣放在桌上，回頭對珂賽蒂說：「你玩吧，孩子！」

珂賽蒂還在發抖，她大着膽子問：「太太，這是真的嗎？我可以玩嗎？」

「玩吧！」太太氣得大聲吼道。

「謝謝太太！」珂賽蒂嘴裏向太太道謝，整個心靈卻在感謝那陌生人。她從角落裏取出一些紅紅綠綠的破布，把一把小鉛刀包了起來當作一個娃娃，平放在手臂上輕輕唱着歌，催它入睡。

這時，那對小姊妹的注意力被一隻小貓吸引去了，她們放下手中的娃娃，抱起小貓玩着。珂賽蒂趁人不注意時，把那娃娃拿起來玩，被太太大罵：「這個賤貨竟敢動我孩子的娃娃！」

陌生人衝出大門，走了出去。不一會兒他又走了回來，手裏捧着一個仙女似的大娃娃，那是陳列在對面玩具店櫥窗裏、吸引着全村小姑娘的一個二尺來高

的漂亮娃娃。他把娃娃放在珂賽蒂面前：「拿去，這是給你的。」珂賽蒂好像看見他捧着太陽向她走來，聽到了從未聽過的話——「這是給你的」，她慢慢後退，躲到桌子下面，不哭不叫，似乎也不敢呼吸了。

德納第一家，以及正在店裏喝酒的客人全都呆住了。德納第走近太太，低聲說：「那玩藝兒至少值三十法郎呢！好好伺候他吧！」

他倆立刻換了一副嘴臉，先是溫柔地叫珂賽蒂出來玩娃娃（珂賽蒂欣喜地把它叫做「卡特琳」），然後又殷勤地招待那神秘的客人就寢，把店裏最好的房間給他住。客人睡前看見壁爐上掛着兩雙大小不同的小鞋，是小姊妹盼望仙女在聖誕夜送禮而掛在那裏的，裏面已經各放着一枚十個銅板的銀幣。在壁爐最黑暗的一角也有一隻鞋，是珂賽蒂那又破又髒的木頭鞋，裏面什麼也沒有。儘管受夠了歧視，年年失望，珂賽蒂卻仍抱有一絲希望，從不灰心。客人彎下腰，在木鞋裏放了一個二十法郎的金幣。

第二天早上，陌生人付賬後，聽德納第夫婦向他訴苦，說自己都難以糊口，還要替別人白養孩子。陌生人說他可以把珂賽蒂領走，解除他們的負擔。做妻

子的一聽，正中下懷；做丈夫的卻看出了可以大大敲一筆錢，非要一千五百法郎不可，還裝出很捨不得珂賽蒂的樣子。陌生人給了他一千五百法郎，取出隨身帶的一套黑衫裙讓珂賽蒂換上，帶走了她。

德納第開始懊惱，感到吃了大虧，忍不住又追出門去，一直追到田野邊才追上了他們。

他宣稱不能把珂賽蒂交給陌生人，要親手交還給她母親；若是她母親死了，也得有個親筆寫的憑證等等。陌生人取出有芳婷簽名的紙條，要他留下作憑據，德納第這才無話可說。

他本想再刮一筆錢，可是見到那陌生人嚴厲的目光、寬闊的肩膀、巨大的拳頭和他手中的那根粗棍，便不敢再追，直後悔自己出門時忘了帶管獵槍。他得到的兩份收穫是：一張由芳婷親手簽署的紙條——一個辛酸的諷刺；一千五百法郎——一個安慰。

第三節

老少相依為命

華尚帶着全身孝服的珂賽蒂來到巴黎郊區一處僻靜的地方，他選中了破敗不堪、東倒西歪的戈爾博老屋住了下來。他們深居簡出，過着隱居的生活。

華尚從來沒有被人愛過，也不曾愛過什麼人。二十五年來他在這世界上孑然一身，從未領略過什麼父親、情人、丈夫、朋友的感情。姊姊和她的孩子們只給他留下過一種渺茫的印象，他曾竭力尋找他們，但沒有找到，也就把他們忘了。

在苦役牢裏的時候，他是兇惡、陰沉、寡欲、無知和粗野的，對這個世界，他只有仇恨。米里埃主教使他心靈深處煥發出道德的閃亮，珂賽蒂這個可憐的小姑娘啟發了他愛的曙光。他胸中的全部熱情和慈愛都蘇醒了，傾注在這孩子身上。他就像個剛做母親的人，起初感到十分慌亂，那種極其偉大的愛的騷動，是不可言喻和相當甘美的，他陶然自得，十分幸福。

至於珂賽蒂，她也變成了另外一個人。這小人兒早就不記得她的母親了，她想愛她周圍的人，可是德納第夫婦、他們的孩子、其他的孩子，都把她推在一邊。她八歲時就對這世界冷了心。這不是她的過錯，她並不缺乏愛的天性，可憐，她缺少的只是愛的可能性。她的本能正尋找一個父親，而華尚的本能也正尋找一個孩子。**萍水相逢**[①]，卻是如魚得水，華尚彷彿天生就是珂賽蒂的父親。他們相依為命，在這老屋裏度過了殘冬。

一老一少的日子過得很幸福。珂賽蒂整日又說又笑，唱個不停。華尚教她識字讀書。他白天不出門，黃昏時分才出去蹓躂一兩個鐘頭，出門時總是穿着那件黃大衣和黑短褲，戴着頂舊帽子。人們把他當作一個窮漢，有些軟心腸的婦人會給他一個銅板。遇到討錢的乞丐時，他卻常常給他們銀幣，於是人們稱他為「給錢的乞丐」。他得到了窮人的尊敬，卻也引來了麻煩。

一個傍晚，華尚吃驚地發現，有個受他施捨的老乞丐抬起頭來狠狠地盯了他一眼，天哪！是他非常熟

[①] **萍水相逢**：比喻人的偶然相遇，就如浮萍隨水漂泊，聚散無定。

悉的那張可怕的臉！幾天以後，他注意到大門打開了又關上，樓上響起沉重的腳步聲，他一夜不敢合眼。快天亮時，他又聽見這腳步聲正走下樓來。華尚在房門的鎖孔裏一看，不由得張大了嘴巴——是沙威！

白天的時候，聽房東太太説，有個新房客搬了進來，就住在他樓上。到天一黑，華尚就帶着珂賽蒂逃離了老屋。

沙威和他的助手們盯上了華尚和珂賽蒂，窮追不捨。這老少倆在街上左轉右拐、東躲西逃，最後卻拐進了一條死胡同。沙威調來了一隊巡邏兵，逐家逐戶搜索，情勢十分危急。陷入絕境的華尚只剩下一個辦法：使用他在土倫監獄中練成的逃亡本領——運用肌肉的力量攀沿陡壁、翻越牆頂，但是珂賽蒂不會爬牆。急中生智，他割下了一根用來升降路燈的繩子，把珂賽蒂吊上巷子盡頭那一丈八尺高的牆頭，然後沿着一棵大樹，跳進一個幽靜荒涼的空曠園子裏。牆外傳來槍托擊物聲、紛亂的腳步聲和沙威的咒罵聲，漸漸地，這些嘈雜聲走遠了、消失了。

他們在一個破棚裏蹲了一會兒。寒風吹得珂賽蒂渾身冰涼，氣息微弱，華尚急得發狂似地奔出去，要

為她找個有火取暖的房間。他見到一個瘸腿老人在園中工作，身上掛着鈴鐺。華尚抓着一卷錢跑過去，劈頭就喊：「給您一百法郎，請給我一個地方過夜！」

月光正照着他那驚慌的臉孔，瘸腿老人叫道：「馬德萊先生，是您啊？」

原來他就是華尚從大車輪下救出來的割風伯伯，現時在這修道院當園丁，身上的鈴鐺是為了發出響聲，警告修女們別走近這個男人，因為男人都不能來到這裏。這真是天意！華尚曾救他一命，現在輪到他可以回報這大恩，一償**夙願**[1]。對於這從天上掉下來的馬德萊先生，割風雖仍有很多疑惑，但能肯定他是個聖人，是個大好人，所以決定要幫他安頓下來。

知識泉

修道院：天主教、東正教等教徒修道的地方。在天主教會中，也指培養神父的機構。

割風去見修道院院長，說自己年老體衰，需要一個幫手；正好有個兄弟從外地來，是個園藝能手，還帶着個孫女，想請他來幫忙，孩子也可在院內的寄讀學校上學，以後學當修女。

---

[1] **夙願**：一向懷着的願望。

正好此時院內一位德高望重的嬤嬤過世了，她生前為自己訂做了一張精巧的棺材牀，二十年來每晚她都睡在裏面，臨死前她留下遺言，要求把她葬殮在那口她心愛的棺材裏，再葬在聖壇下面的地窖內，不沾俗人的泥土。但這是違背政府衞生局的規定的。院長要割風協助完成此項工作，並絕對保守秘密。割風同意了，因此他要安插兄弟的請求自然也獲得了批准。

問題難在華尚和珂賽蒂必須先出了修道院，然後隨割風名正言順地從大門進來。瘦小的珂賽蒂被放在大背簍裏用布一蓋，清早由割風背出了門，寄放在一家小店裏。可是魁梧高大的華尚卻不能用這個辦法。

真是天無絕人之路！政府機關送來要安葬嬤嬤用的那口空棺材，得設法填些東西後送殯到墳場去埋葬掉，華尚就躺在那口棺材裏被送到了墳場。割風設法指使另一個墳場工人，把昏迷了的華尚救了出來。這真是驚心動魄的一場冒險！

此後，華尚成了修道院的助理園丁，珂賽蒂成了修道院的免費寄讀生，課間休息時可以和「祖父」會面。兩人過着平靜質樸的生活。華尚覺得這是上帝又一次拯救了他。

這樣過去了好幾年，珂賽蒂漸漸長大了。

這裏我們要講講這次沙威追捕華尚撲空的經過。

華尚在蒙特伊監獄逃脫後，警察當局認為他一定會去巴黎，所以就把沙威調來巴黎破案，沙威在再次逮捕華尚一案中確是作出過有力的貢獻。

1823年12月，沙威偶然在報紙上讀到苦役犯華尚從船上落水喪命的消息，深信不疑，說了句：「這算是個好下場。」便不再想這件事了。

不久以後，賽納州送了一份警務報單給巴黎警署，提到在孟費梅鎮發生的一件拐帶幼童案，說是當地一家客店主人受人所託而撫養的一個八歲女孩，被一個不知名的人拐走了。那小女孩名叫珂賽蒂，孩子的母親叫芳婷，已去世。這個消息引起了沙威的懷疑，他記得華尚曾要求他寬限三天，好讓他去領個孩子；而最近這次他是從巴黎搭車去孟費梅的時候被捕的。難道華尚是想去孟費梅領芳婷的孩子？那不知名的人又是誰呢？難道是他？但他不是死了嗎？於是沙威就去孟費梅了解情況。

再說德納第在珂賽蒂被領走後，起初是十分懊惱，還放風說孩子失蹤了。後來傳成幼童拐帶案，事態嚴重了，警察上門來調查。聰明的德納第不想惹禍上身——因為他曾幹過一大堆不清不白的事，把警察的目光引到自己身上不是明智的做法，便對沙威說是珂賽蒂的祖父來領走她的，還有名有姓的說老人叫威廉·郎貝爾，是個有錢的農夫。完成調查後，沙威回巴黎去了，心想：「華尚明明死了，我真傻。」

可是1824年3月，他聽人說在巴黎郊區有個怪人，外號叫「給錢的乞丐」，誰也不知他的姓名，他帶着個從孟費梅來的八歲女孩一起過活。沙威去那兒裝成乞丐，那可疑的傢伙果然走過來**布施**①。對視那瞬間，雙方都吃了一驚，沙威以為遇見了華尚，但他沒有看真切，所以又在他樓上租了間房住下，繼續偵察。

華尚領着女孩逃跑時，沙威一直遠遠跟着，他遲遲沒動手是因為生怕萬一抓錯，侵犯了人身自由，自己會受停職處分。最後他在路燈光照下看清了那確是華尚，便請了巡邏隊一起搜索，志在必得，誰知到頭來仍徒勞無功，只好滿面羞慚地回到警署。

---

① **布施**：把金錢、財物等施捨給人。

第三章　馬呂斯

第一節

外祖父和外孫

這裏敍述的是過了八、九年以後的事。

在巴黎聖殿大道和水塔附近，人們常見到一個十一、二歲的男孩在垃圾堆裏搜括、在人羣裏掏摸，幹一點偷竊勾當，也做些別的。他聰明伶俐、活潑樂觀、油嘴滑舌，卻又顯出他的機靈敏捷、生氣勃勃。他沒有居所、沒有食物、沒有像樣的衣服、沒有愛，卻滿臉笑容、心情愉快，因為他有一顆天真爛漫的心，他有自由。他整日唱唱叫叫、跳跳蹦蹦，像是森林裏的一隻無憂無慮的小麻雀。

他的名字是加弗思，他本是有父母、有家的。父親榮特律、母親及兩個姊姊住在巴黎郊區的一所老屋裏，但是他的父親不關心他，他的母親對他也毫無感情。這是一個父母雙全，可是又像孤兒一般的可憐孩子。每隔兩、三個月，加弗思會想起回家去看看媽媽，但他遇到的只是憂傷和苦惱，冷冰冰的火爐和冷冰冰的面孔。

老屋的一間小房間裏，榮特律先生家的隔壁，住着一個很窮的年青人，別人稱他為馬呂斯先生，實際上他是位男爵，馬呂斯・彭眉胥男爵。

知識泉

男爵：在歐洲，男爵是貴族等級制度中最低的一級，可由國王直接冊封。

馬呂斯的母親很早就過世了，他從沒見過自己的父親，只知父親喬治・彭眉胥是個可恥的拿破崙信徒，帝國時期的英雄，曾在滑鐵盧戰役中被任命為上校，冊封為男爵，獲頒榮譽十字勳章；王朝**復辟**①後，他退隱到凡爾農，種花弄草，過着清閒的日子。他不能見他的兒子馬呂斯，因為老**丈人**②呂克・聶魯芒紳士是位極端狂熱的**保皇派**③，不能容忍女婿的反叛思想。他受託撫養馬呂斯，但要喬治保證從此不再見他，否則馬呂斯就不能繼承外祖父的遺產。

儘管如此，喬治還是常常到巴黎去，在教堂做彌撒時躲在柱子後面偷偷觀望他的兒子。他的行動引起

---

① **復辟**：失位的君主重新恢復君位。這裏指曾是法王的路易十八再次復位。

② **丈人**：對妻子父親的稱呼。

③ **保皇派**：指當時忠於法王、反對拿破崙的人。

了教堂財產管理委員會一個叫馬白夫老伯的注意，馬白夫知道了他的情況後，兩人結為密友。

馬呂斯對這些事一無所知，而且因為受了外祖父的影響，對支持拿破崙的父親毫無感情。

馬呂斯跟着外祖父聶魯芒先生住在馬雷區一套很大的老房子裏。他從小受教於一個專攻古典文學的**老學究**[①]，之後他進了法學院。年青的馬呂斯是王黨的盲目信奉者，拘謹以至於迂腐。他高尚、慷慨而又傲慢，熱忱而又孤僻，虔誠而又重自尊，純潔得幾乎不愛與人交際。

1827年，馬呂斯剛滿十七歲。一天傍晚，他回家時，看見外祖父手裏拿着一封信。

「馬呂斯，明天你到凡爾農去一次。」

「去幹什麼？」

「去看看你的父親，好像他病了，要見你。」

馬呂斯哆嗦了一下。他從沒想到會有這麼一天，這件事使他覺得突然、奇怪，還有彆扭。

第二天黃昏時分他才抵達凡爾農。晚了，已經晚

---

① **老學究**：迂腐的讀書人。

了，馬呂斯沒能見到他的父親，他死了，帶着二十處戰傷和思念兒子的老淚……馬呂斯注視着這張他第一次、也是最後一次見到的臉，那是張英勇堅毅的臉、一條長長的刀疤顯示着他的戰績。彭眉胥沒等到兒子趕來，他給兒子留下了遺囑：

「吾兒：皇上在滑鐵盧一役欽封我為男爵。雖然復辟王朝對此不予承認，但這用鮮血換來的爵位應由我兒子來承襲，他肯定是當之無愧的。」

在這後面，上校還加了幾句：

「在那次戰役中，有個中士救了我的命。他叫德納第，聽說在巴黎附近的孟費梅開着一家小客店。吾兒如遇到他，當竭力報答。」

不久，馬呂斯回到了巴黎。一天他在教堂做彌撒時，在一根柱子後的椅子上跪下，原來這是馬白夫先生常用的椅子。馬白夫告訴他自己為什麼重視這座位，是因為就在這位子上，有十年這麼長的時間，每隔兩三月，就有一個可憐、正直的父親流着淚，偷偷看望他的兒子。他犧牲了自己，好讓他兒子以後能富足地過着幸福的日子。馬白夫説出了這個人的名——彭眉胥上校。

馬呂斯深感震驚，於是他花了好幾天的時間去查閱資料，了解共和時期和帝國時期的歷史。他看到了拿破崙的英雄戰績，而父親為帝國立下的赫赫戰功更引起他狂熱的崇拜。他發現自己以前既不了解他的國家，也不了解他的父親。於是他改變了政治信仰，離開了鄙視共和國的保皇爺爺，放棄了他的財富，接受了父親的男爵稱號。

他在外面租了間小屋，當了一名律師，兼做一些翻譯工作。他終年辛苦工作，省去一切鋪張浪費，放棄所有娛樂，總也算生活安定了下來，並略有積蓄。三年來，他一直設法打聽父親的救命恩人德納第的下落，可惜一直沒有消息。

三年了，馬呂斯和爺爺還是各持己見，水火不容，彼此都不想再見面。馬呂斯不相信這個割斷他們父子恩情的老頭會真心疼愛他，其實他誤解了老人，聶魯芒是常非喜歡馬呂斯的。孩子離家出走後，他心中一片空虛。他曾經不准別人再在他面前提起馬呂斯，心裏卻責怪人家何必如此聽他的話。起初他盼着馬呂斯回來，還給他寄生活費，但馬呂斯沒有回來，並退回了錢。老人神情沮喪，沒精打采地過日子。他從來不打聽馬呂斯的消息，心裏卻一直在想他。

馬呂斯經歷了許多事，認識了不少人，其中有「ABC之友」會的一些首要人物。那是當時處於萌芽狀態的一個革命組織，成員不多，他們常在巴黎的繆贊咖啡館秘密會面。成員中大部分是大學生，是一些文武雙全、出類拔萃的民主戰士，有阿若拉、康拜非、科費拉克、陀羅姆、萊格爾等人。這些人當中，馬呂斯與科費拉克最相知，因而交上了朋友。

馬呂斯的另一個知己，便是年老的馬白夫先生。馬白夫使他認識了他的父親，好比替他「切除了白內障」。馬老先生已辭去教堂裏的職務，住在茅屋裏從事他心愛的園藝。後來他的經濟情況日益拮据，馬呂斯便不時接濟一下這位善良的老人。

又有一次，他聽女傭説鄰居榮特律一家因交不出二十法郎的房租而要被趕走了，他便取出二十五法郎託女傭轉交給這個他從沒注意過的鄰居。

第二節

白先生和黑姑娘

馬呂斯逃避女性，正像他逃避羞恥。多年來，他把女孩子們對他的注意，統統當作是對他襤褸衣衫的恥笑。他沒有意識到，破舊的衣衫並沒能遮住他優雅文靜的秀美風度。二十剛出頭的馬呂斯是一位風度翩翩的俊美青年，往往吸引着姑娘們的視線。

馬呂斯有一種享受，也算是一種奢侈，就是躲開旁人，獨自一人在林蔭大道或是廣場上作長時間的散步。盧森堡公園的一條靜僻小路就是他常去的地方。那是一條幽美的小徑，小徑盡頭的一條長凳上，常有一老一少雙雙坐在這裏歇息。馬呂斯常常見到他們，不過並沒太注意他們，也沒把這事放在心上。那些大學生們給了那一老一少兩個綽號，稱年老的那個為「白先生」，

因為他滿頭白髮；稱年輕的為「黑姑娘」，因為她常年都穿深色的衣服。這老少倆常坐在離人們較遠的一張長凳上，姑娘長得文雅、俏麗，穿着緞子裙，披着斗篷，戴着寬邊帽。

一天，天氣晴朗，盧森堡公園裏陽光明媚，綠樹成蔭，天空藍得像剛被洗淨的一匹緞子。綠樹林深處傳出雀鳥的啁啾聲，空氣清新溫潤，十分怡人。馬呂斯全副身心沉浸在大自然中，他深深呼吸着，從那條長凳旁邊走過。正在此時，那年輕姑娘朝他抬起眼睛，他倆的目光相遇了。那是一種奇特的感覺。少女的目光裏有什麼呢？可以說什麼也沒有，可是又什麼都有！

她低下了眼睛，他也繼續走他的路。可是一切已經大不一樣了！那少女的眼波一轉是勾魂攝魄的一瞥，她的**流盼**①就像突然出現在黑暗天邊的曙光，使終年不見光明的東西覺醒了。那是一種在等待着的、偶然流露出的朦朧柔情，所有純樸真誠的感情都集中在這一道極其美妙而又致命的光線裏，它有一種神奇

① **流盼**：眼睛轉動的樣子。

的力量，可以在人們心靈深處突然催開那朵叫做愛情的花朵；這是一種令人無法抗拒的、使人想入非非的力量。我們可以說，馬呂斯不由自主地墮入了情網。

那天傍晚，馬呂斯回到那狹小、簡陋的房子，第一次發現自己的衣服是多麼不合身和難看！第二天，他取出一套新衣服把自己裝扮了起來，甚至還戴上了手套。他心情緊張地在白先生和黑姑娘面前來回走了兩次，聽到了姑娘安詳的説話聲音，感覺到她長得很美。此後，他天天如此做。整整一個月裏，他每天都去公園。時間一到，任何事情都留不住他。

「他去上班了。」科費拉克經常這樣説他。馬呂斯陶醉在這美好的氛圍之中，那少女肯定也經常在注意着他。

最後，那位白先生也有所察覺了。他開始改變了習慣，不再帶姑娘來散步了。這奇怪的愛情，出現得如此突然，以致他剛一動心，對方就已飄然而去。他打聽了，卻不知對方的名字；他跟蹤了，卻失去了目標。惟一的線索是有一次他在長凳上拾到的一塊白手帕，白天他把它放在胸口，夜裏伴在枕邊。可是，他哪知其實這是那位老先生不小心遺留下來的！

第三節

作惡的窮人

有一天傍晚，馬呂斯漫步在林蔭大道上，想着心事，忽然被人撞了一下。他轉身一看，兩個穿着破爛的姑娘倉皇跑過，很快就失去了蹤影，像是在躲避警察的追捕。後來，馬呂斯發現自己腳邊有個灰色大信封，裏面有四封未發出的信，都出自同一人的手筆，是寄給四個不同的人，要求對方布施的。

第二天早上，他的鄰居榮特律家的大女兒潘妮給他送來了一封她爸爸寫的信，信上感謝他上次代付了房租，又訴苦說一家四口兩天沒吃東西了，妻子又在生病，希望他再做一次好事。這送信的姑娘就是昨天馬呂斯在路上見到的其中一個女孩，這封信的內容和筆跡也和那四封信相同。

事情很明白了，他的鄰居榮特律是一個專門向人裝窮叫苦、以謀取布施為業的無賴漢。他善於耳聽八方，探訪出那些有錢並可能給予施捨的人，然後把兩個女兒放出去作為騙錢的手段，造成了兩個不純潔而又天真的怪物——她們既不是孩子，也不是姑娘或婦人，是悲慘的生物而已。馬呂斯湊夠了五法郎給那姑娘，又把昨天拾到的那四封信一併交還給她。

潘妮走後，出於好奇，馬呂斯通過隔板上的一個小洞觀察着他的鄰居榮特律一家。見到的是一副坐以待斃的悽慘景象：家中沒一件像樣的家具，牀上躺着一個蒼白光身的小姑娘，一個蓬頭垢面的婦人光腳蹲在爐邊；榮特律，一個六十來歲的小老頭，**形容枯槁**[①]、面相狡猾、性氣浮躁，正叼着煙斗邊罵邊揮筆寫着什麼，大約又是在「創作」那一類的乞求信。忽然他家的門打開了，潘妮衝進來興奮地喊道：「他來了！那個教堂的施主，和他的女兒一起！」

只見那父親迅速跳起，用壺水澆滅了爐中的火，一腳踩斷了椅子腿，叫小女兒用拳頭打破一扇窗玻璃，又命令老婆躺到牀上去裝病。這一切僅在數分鐘內變戲法似地完成了！

門輕輕叩了一聲，父親搶前一步開了門，一位老人和一個年輕姑娘出現在陋室門口。

---

① **形容枯槁**：外貌乾瘦，精神憔悴。

馬呂斯驚呆了，原來是她！就是那突然失去了蹤跡的心上人，他找了那麼久，終於又見到她了！他覺得好像又找回了原已失去的靈魂。他目不轉睛地望着她，正像榮特律注視着施主那樣留神。趁老人在關注地察看小姑娘流血的手時，那丈夫低聲叮囑老婆：「仔細認認這人！」

榮特律哭喪着臉說，今晚他沒有六十法郎付房租，全家將流落街頭等等。老人掏出五法郎，說晚上六點一定帶六十法郎來，然後留下一些衣物給他們，就告辭了。馬呂斯不想再失去姑娘的線索，急急追出去，但因為沒有錢僱馬車，沒法追上那父女倆的小馬車。他轉身回去的時候，瞥見榮特律在街角和一個滿臉橫肉、面容兇惡的人在說話，馬呂斯知道這個人是巴黎黑社會頭目，名叫邦丘。

潘妮又來找馬呂斯道謝，垂頭喪氣的馬呂斯要她設法去打聽剛才那對父女的地址，任她要什麼報酬都行。潘妮走後，馬呂斯聽到隔板那邊傳來榮特律惡狠狠的喊聲：「他逃不過我的眼睛！這個老流氓，還有那個小妞兒！」接着又奸笑說：「我已經招呼了我的人馬，等他們六點來送死！我一定要他低頭！」

「萬一他不低頭呢？」他老婆問。

「那就要他們的頭！」榮特律陰森森地説。

情況很危急，馬呂斯必須破壞這罪惡的陰謀。他沒法通知這父女倆，便去報告了警察局。接辦這案子的正是督察沙威，他要馬呂斯協助他們把這班惡黨一網打盡。他向馬呂斯要了大門鑰匙，並給他兩把手槍，要他注意觀察事態發展，到緊急關頭就鳴槍報警。

傍晚，馬呂斯站在櫃子上偷窺着隔壁的動靜。老先生依約來到，

放下了四個金幣。榮特律又開始喋喋不休地訴苦，忽然他的臉色一變，眼中射出一道兇光，吼道：「廢話少說，你認識我嗎？」

接着有三個戴黑面具的**彪形大漢**[1]逼進屋來，手抓兇器，擋在門口。榮特律向老人喝道：「難道你不認識我？」

老人看了他一眼：「不認識。」

「聽着，我不叫榮特律，我是德納第！孟費梅客店的老闆，聽清楚了嗎？」

白先生仍是鎮靜地回答：「還是不認識。」

躲在鄰屋的馬呂斯卻嚇得魂不附體，他舉着槍的手頹然垂下。啊，德納第！多麼神聖的名字，父親的救命恩人！他百尋不見，如今這人卻如此醜惡地出現在他面前，聖徒成了匪徒，恩人變作魔鬼！他感到左右為難，不知所措。如果鳴槍，就是制止德納第而背棄了父命；如果不鳴槍，那將是縱容邪惡而犧牲這位好心腸的老人。馬呂斯雙腿發軟，幾乎要暈倒。

趁德納第火冒三丈、破口大罵之際，白先生一腳

---

[1] **彪形大漢**：形容身材高大、健壯的男子。

踢開椅子，順勢掀起桌子，撲向窗戶，這時他半個身子已越了出去，但是六隻強壯的手同時抓住了他，把他拖了回來。白先生揮拳擊倒三人，身手敏捷得絕不像他這年紀的人，卻被第四個人摔倒在牀邊，反綁在牀柱上。

德納第逼老人寫封信叫女兒來這兒，其實是要派人去綁架她以敲詐兩萬法郎。老人給了一個假地址，使賊人撲了個空。德納第氣得舉刀要殺老人。

正在此時，馬呂斯把潘妮早上在他屋裏鬧着玩而寫的「警察來了！」紙條，通過牆壁上的窟窿扔了過去。德納第以為是大女兒報的信，急忙準備**繩梯**[①]想從窗口逃走。這時沙威出現在門口，因為他遲遲聽不到信號槍響，等得不耐煩，便領着警察和憲兵衝了進來。德納第向他開了一槍，沒打中。一伙匪徒全被用手銬銬了起來。

沙威叫人替白先生鬆了綁，他自己威嚴地坐在桌子前，展開筆紙，開始寫逮捕報告。他寫完最初幾行公文用語後，抬起頭來說：「把那位先生帶過來。」

---

① **繩梯**：用繩做的梯子，在兩根平行的繩子中間橫向而等距離地拴上許多短的木棍。

警察們四面張望。匪徒們的俘虜、那位白先生、黑姑娘的父親不見了！窗外掛着的那條繩梯在微微抖動，看來他是從窗口逃走了。

「見鬼了！」沙威咕噥着說，「也許他是油水最足的一個呢！」

第二天早上，穿着一身破衫褲、臉色蒼白的小男孩加弗思唱着歌來到老屋面前，用勁踢門，想見見他的家人。鄰家的老婦人告訴他，他的爸爸、媽媽和兩個姊姊都被抓進監獄去了。

第四章
聖丹尼大街上的激戰

第一節

起義前夕

1830年7月，法國爆發七月革命，之後建立了以路易·菲力浦為首的七月王朝。但因為他執行鎮壓工人和民主運動的政策，所以很快就遭到人民的反對。1832年，人心浮動，時局紛亂，法蘭西大地上孕育着起義的風暴，大動亂一觸即發。

知識泉

七月革命：1830年7月，法國統治者查理十世給予貴族、教士很多特權，又打壓言論自由，但當時法國經濟蕭條，人民生活困難，因而激起民眾反抗，爆發「七月革命」。

「ABC之友」會的首領阿若拉和他的一些副手們也在積極籌備起義的事。他們集會議論、宣傳鼓動、發展組織，又收集武器、趕製彈藥、清理隊伍。民眾充滿了最高的潛在熱力，隨時準備拿起武器，極其興奮地在等待和期望着劇變。

在那個令人驚心動魄的夜晚，沙威把德納第一家和三個匪徒押走的時候，馬呂斯就離開了那所老屋。一來他不願再看到那個匪窩，二來他不願出庭和德納第對證，於是當晚就搬到科費拉克那裏。科費拉克早就離開了以前居住的拉丁區，搬到玻璃廠街住，那是當時經常發生暴動的地區之一。

馬呂斯打聽到德納第被關在監獄裏，便每星期託人送五法郎給他，若自己沒有錢，便向科費拉克借。這五個到時必付的法郎，對出錢的人和收錢的人都成了啞謎。科費拉克常想：「這究竟是給誰的呢？」德納第也問自己：「這究竟是從什麼地方來的？」

馬呂斯心中十分苦悶。心愛的姑娘曾在黑暗中、在咫尺之間偶然在他眼前再現了一下，但一陣風卻又把她吹走了，消失得無影無蹤。他眼前又是一片漆黑，他的日子又重新墮入五里雲霧中。這可人的姑娘究竟是誰？姓什麼叫什麼？住在哪裏？白先生是不是她的父親？德納第似乎知道他們的底細，為什麼要挾他們？難道他們有什麼不可告人的秘密？……馬呂斯百思不得其解。

這裏我們要交代一下華尚和珂賽蒂——就是上文見到的白先生和黑姑娘——怎麼會離開修道院，出現在這兒的。

我們還記得，華尚在修道院的日子過得很幸福，幸福得使他的良心感到不安了。他每天都能見到珂賽蒂，他感到自己心裏產生了父愛，越來越強烈。他用全副身心護衛着孩子，不允許什麼人或什麼事從他這兒把她奪走。今後，修道院就是他們的世界，他在這兒衰老，她在這兒長大，他們不會分離。

可是，他又捫心自問，這些幸福是否都是他的？這裏是否有另一個人的幸福，一個被他這老頭侵佔的、本該屬於孩子的幸福？這是不是一種偷盜行為？這孩子有權了解人世生活。藉口躲避危險、不徵求她的意見，就把她所有的歡樂擋在門外，把她關在這與世隔絕的、監牢一樣的地方，使她喪失本性，強使她皈依天主。有誰知道，會不會有朝一日珂賽蒂知道了這一切後，悔不該當修女，竟然會恨他呢？

這一念使他不能忍受，他下決心，要離開修道院。此時，珂賽蒂在修道院也差不多完成學業了。

機會來了。割風伯伯過世了。華尚向院長辭職，並捐獻五千法郎給修道院，作為珂賽蒂五年留院的費用。他帶着一隻小皮箱離開修道院，這箱子他從不讓別人拿，鑰匙也一直揣在身上。以後每次搬家，這箱子都是他首先要攜帶的東西。對此珂賽蒂大為不解。

他用于迪姆·割風的名字在荒僻的郊區卜呂梅街租用了一間兩層的屋子；又在巴黎市區裏相隔很遠的兩地各租了一套公寓房子。他帶着珂賽蒂時而住這、時而住那，以避免老是住在同一街區，引起別人注意，也便於以後萬一有什麼風吹草動時，也可有個落腳點。

華尚去參加了國民自衞軍，因為他是領取固定年息的人，並經區政府證明為人正派，當然有資格**服兵役**[1]。他每年總有三、四次要穿上軍服去站崗，他很樂意這樣做。他常帶着珂賽蒂去散步、做彌撒、去訪貧問苦、去布施。人們稱他是「一個聖人」。

珂賽蒂成長起來了，越長越漂亮，成為一個楚楚動人的女郎。她意識到自己的美麗後，開始注意打扮了。她顧影自憐，她需要愛撫。盧森堡公園裏那閃電似的互相一瞥，挑動了兩顆年青的心。珂賽蒂變得躁動不安，總想去林蔭道散步。華尚覺察到他那應該受到保護的人的一顆心被拐走了，便不再帶她上公園散步。這使兩個年青人都很痛苦。

---

① **服兵役**：指當兵的義務。

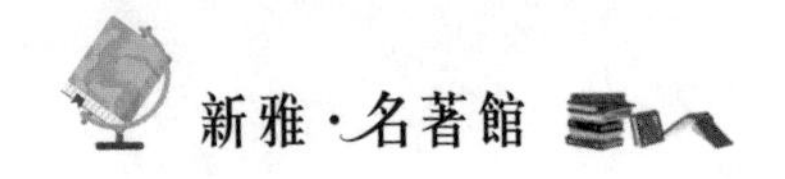

第二節

石頭下面的一顆心

案發那天被捕的潘妮，因為還未到被管制年齡，而且犯罪證據不足，關了十五天就放了出來。出獄後她到處遊蕩，倒也沒有忘記馬呂斯託她尋找黑姑娘住址的事。可是馬呂斯已經搬了家，潘妮費了好大勁，足足找了六個星期，終於有一天在河邊見到了他。

見到馬呂斯心情憂鬱、窮困潦倒的樣子，潘妮心裏很難過，她說：「您別老是這樣愁眉苦臉，我要您笑，我能使您高興的！」

「你這話是什麼意思？」

姑娘猶疑了一下，然後下定決心：「我已經找到了那個住址。」

馬呂斯面無人色：「什麼住址？」

「就是那個……那個小姐的！」

馬呂斯從他坐着的石欄上跳了下來，狠狠捏住她的手：「太好了！快領我去！她在哪兒？」

潘妮帶點酸溜溜地說：「瞧你有多高興，我不知道那是什麼街、幾號，但我能帶你去，我認識那房子。但……您記得從前曾許諾過什麼嗎？」

馬呂斯摸摸口袋，把那枚準備給德納第的五法郎放在潘妮手裏。潘妮鬆開手指，讓錢落在了地上，她憤憤地說：「我不要你的錢！」她帶他到卜呂梅街上，指給他看那座兩層的樓房。

四月上半月，華尚出門作了一次旅行。凡是到了家用拮据時，他常常作這種短期旅行。那三天裏，珂賽蒂常常獨自在客廳裏彈琴唱歌。一次她彷彿聽見窗外有男人走過的腳步聲；晚上在花園裏散步，好像有個人影跟在她後面，可是回頭看看，卻什麼也沒有。她心想，可能是自己神經過敏，疑神疑鬼。可是過了幾天，發生了一件更奇怪的事。

一個黃昏，她坐在花園裏那張靠近鐵欄門的石凳上。幽思襲來，她起身在園中徘徊良久。當她再回到石凳旁時，發現在她原先離開的坐處擱着一塊大石頭，那是剛才沒有的。她嚇壞了，轉身逃回屋去，關上了所有的門窗。

第二天早上，她的恐懼變成了好奇，又回到石凳旁，搬動石頭，竟發現下面壓着一個白信封，裏面裝着一疊紙。信封上沒有姓名和地址，給誰的呢？也許是給她的，因為信是擱在她坐過的石凳上。她打開信封，取出這疊信箋讀了起來。

其實那不是一封信，沒有稱呼也沒有署名，只是一些有感而作的隨筆。這些手稿字跡秀美，看得出是很用心寫的。這些文字把愛、痛苦、命運、永恆、開始、終止都一一溫婉地向她揭示，好像一隻張開的手突然向她送來了光明。她感到在那散文詩般的每行字裏有一種激動、熱烈、高尚、誠摯的性格，一種崇高的志願，奇特的痛苦和巨大的希望，一顆抑鬱的心，一種坦率的傾慕。這是一封天使致**貞女**①的信，通過那一個一個的字，她觸到了一滴一滴的靈魂。

珂賽蒂毫不猶疑地認定：是他！只有他。一定是他寫的。她信不離手，三番五次反覆默讀品味，感到一陣難言的欣慰和深切的酸楚：「我深深體會到這一切，我讀懂了每一個字！這完全是我從前在他眼裏看到過的那種心情。」

晚上，她不由自主地動手梳妝，把自己精心打扮

---

① **貞女**：原指節操上沒有污點的女子，這裏指堅貞不變的女子。

了一下。她來到園裏，坐在石凳上，輕輕撫摸那塊石頭，好像在感謝它……猛然間，她意識到背後有人，她站起身轉過頭去，正是他。

他面色蒼白，比以前憔悴了。俊美的臉龐透出憂傷，眼光中有一種説不清的抑鬱情緒把她包圍住。珂賽蒂蹣跚後退，她感到自己已被吸引住了。她靠在一棵樹上，聽得見他輕輕的有如樹葉顫動的喃喃細語：

「請原諒我冒昧來到這兒。我太痛苦，不能再這樣活下去了。您收到我的信了嗎？快一年了，您還認識我嗎？那是在盧森堡公園裏散步的日子。我跟蹤過您，可是你們搬走了，我好不容易才找到這兒。不要害怕我，我走到您窗前只是為了看您一

眼。那一天聽見您唱歌，我真感到幸福！啊，請不要拒絕我，讓我有時來一下吧！您不知道我多麼想念您、愛慕您！我相信我快死了。也許我冒犯了您，使您生氣了？」

「啊，我的天呀！」珂賽蒂神思恍惚，渾身癱

軟下去。馬呂斯扶住她，抱緊她，竭力支持她站穩而自己搖搖欲墜。她拿起他的一隻手，按在自己的胸口上。他感覺到了，那兒藏着他寫的那封信。他怯生生地問道：「您愛我嗎？」

她的聲音輕如微風，細若游絲：「別說了，你早

知道了！」她那羞得緋紅的臉躲進了青年的懷裏。

他跌坐在石凳上，她依偎着他。他們不再說話了。星星在閃爍。火熱的嘴唇怎麼會接觸的？雀鳥怎麼會歌唱，雪花怎麼會消融，玫瑰又怎麼會開放？5月怎麼會萬紫千紅？黑夜又怎麼會破曉呢？一吻，就是一切了！

夜深，心比眼睛更明亮；靜寂，最宜傾訴衷腸。他們頭上的夜色明淨而美妙。這兩個純淨得像天使的人把什麼都談了，他們的夢想，他們的陶醉，他們的狂喜，他們的憂傷……這兩顆心互相傾注，以致一個小時以後，他倆互相得到了對方的靈魂。他們互相滲透，互相迷戀，互相照耀，都神魂顛倒了。

當他們要結束這次會面的時候，她把腦袋靠在他肩上，問道：「您叫什麼名字？」

「我叫馬呂斯。您呢？」

「我叫珂賽蒂。」

於是，1832年那年，整個5月的每天夜晚，這對小情人就在這花園裏幽會。他們沉醉在兩人的小天地裏，不理會外面的世界。

其實當時的巴黎已相當不平靜，政治上的動亂使警察們變得十分緊張和多疑，他們加緊搜捕一些動亂分子，這對華尚是十分不利的。另外，他曾多次在街上見到越獄出來的德納第，這意味着一種後患的逼近。更有甚者，華尚在花園裏發現了有外人進來過的跡象，所以他決計離開法國，到英國去住一段日子。

那天晚上，珂賽蒂告訴了馬呂斯他們要離開的消息，她哭紅了眼睛，要求馬呂斯一起走。可馬呂斯連付一張護照的錢都沒有，哪談得上出國！

他去找外祖父聶魯芒，想求得他同意，讓他和珂賽蒂結婚，卻被老頭嘲笑了一通。等到夜晚他再去花園見珂賽蒂時，卻發現已人去樓空，整所房子和花園陰沉沉、黑洞洞的，像座墳墓一樣。他非常傷心，只想一死了事。

忽然，一個熟悉的聲音在叫他：「馬呂斯先生，您的朋友在麻廠街街壘等您！」這是命運的召喚，他飛快地向麻廠街跑去。

知識泉

街壘：堆積在街道或建築物之間的障礙物，作為街頭抗爭的防禦工事。

第三節

街壘裏發生的事

此時的巴黎就像一尊裝滿了彈藥的大炮，只要有一顆火星落下，炮彈就會從**炮膛**[①]裏飛出去。1832年6月，那顆火星便是拉馬克將軍之死。

拉馬克是拿破崙帝國時代的將軍，他是疆場鬥士、自由的旗幟，王朝復辟後他任議員，是反對派的主要領袖。他那雄辯的口才、鋒利的言辭，不亞於當年戰場上的驍勇。

可惜這位德高望重的老人死於那年春天肆虐於巴黎的霍亂。人民愛戴他，哀悼他的逝世；而政府把他的死視為一種危機。哀傷可以轉化為反抗，當日發生的情形正是這樣。

6月5日是舉行拉馬克葬禮的日子。在安東尼區郊區，人們武裝了起來，浩浩蕩蕩的武裝官兵護送殯儀隊通過巴黎。政府的森嚴戒備，更增加了緊張氣氛。

---

① **炮膛**：器物的中空部分叫做膛，炮膛就是火炮的管子。

武裝部隊之後是千百萬悲憤的羣眾，幾乎人人揮舞着棍棒或樹枝，沒有秩序，可是萬眾一心。政府手握刀把在一旁注視着，城裏部署了兩萬四千人，城郊則有三萬人。

送葬隊伍和安東尼的人羣在巴士底廣場匯合了，反對派代表拉斐德開始致悼詞，那場面真是莊嚴肅穆，每顆心都在顫動。突然，人海中有個穿着一身黑的騎馬人出現，他用根長矛挑着頂紅帽子，看來像是扛着一面紅旗。這紅旗掀起了風暴，人羣**鼎沸**[1]了，他們拖着靈車向前走，政府軍隊衝過來截住了羣眾。

知識泉

靈車：葬禮中運載棺木的車。

暴風雨開始了，石塊像雨點般落下，槍聲四起，很多人被衝下河岸。騎兵趕來了，逢人便砍，人羣四散逃奔，巴黎的四角都響起了戰鬥的呼喊：「拿起武器！」暴怒的火焰迅速蔓延開去，憤怒煽起了暴動，就像大火煽起了烈火。

阿若拉和他的朋友們喊道：「到街壘去！」餓着

[1] **鼎沸**：形容喧鬧、混亂，像水在鍋裏沸騰一樣。

肚子的小男孩加弗思抓了把手槍投入戰鬥，晚景淒涼的馬白夫老爹加入了隊伍，正在尋找馬呂斯的潘妮也捲入行列。

他們轉入麻廠街，這條街像一個伸長的漏斗，在出口的左角上是他們常聚會的柯林斯酒家，樓座賣酒，樓底是桌球室，一道梯子通往地窖。

人羣湧到這裏，把空桶空罐、馬車、石塊堆成了一個六、七尺高的街壘，並樹起了一面紅旗。不到一小時，在這市場區已築起二十七座這樣的街壘，起義的人們一度佔領了兵營和兵工廠，奪得不少武器彈藥。

街壘造好後，科費拉克打開一匣子彈分給各人，每人分到三十發槍彈，有的人利用奪來的火藥在自製子彈，有一整桶火藥放在店門旁的一張桌子上。各人的崗位已指派好，哨兵上了崗，槍彈進了膛。人人緊握手中武器，堅定地在等待着。

> **知識泉**
>
> 兵工廠：製造彈藥、武器裝備的工廠。
>
> 哨兵：負責守衞或執行警戒任務的士兵。

巴黎的三分之一地區已經發生了暴動，人們相信巴黎已經抬頭，勝利在望。他們不會料到，這街壘裏的五十個人將面臨六萬大軍的圍攻，一場艱苦的戰鬥

正等待着他們。

　　這時，加弗思正在桌旁做槍彈，同時一直在留意一個隨着他們的隊伍進入酒店的高個子，這人也隨着他們積極地築街壘，現在退坐在燭光最暗的一張桌子旁低頭沉思。加弗思仔細觀察了他一陣子，認出他就是抓過自己、也是送他父親德納第入獄的督察沙威。加弗思趕快向阿若拉報告。

他們把沙威抓了起來，並在他身上搜到警察總監簽署的證件。阿若拉宣布：為了節省子彈，在街壘失陷前的十分鐘內槍決他。

加弗思被派出去探聽情況，不久他跑回來報告：「他們來了！」政府軍開始進攻街壘，第一排槍把那面紅旗打了下來。人們猶疑着，不敢再把旗插上去。

這時，八十歲的老人馬白夫從阿若拉手裏拿過紅旗，踏上石級走到街壘頂上，揮動着紅旗高喊：「革命萬歲！共和萬歲！」一排子彈把他打倒了。阿若拉指着老人那血淋淋的外衣高聲説：「現在這就是我們的紅旗了！」

人們正把馬白夫的屍體抬進酒店，加弗思大叫，要大家注意，市政警衞隊和國民自衞軍正在衝進來，情況危急。一個起義者一槍打死了跑在最前面的一個警衞隊員，但他也被隨之而上的第二個警衞隊員用刺刀捅死了。另一個已把科費拉克打倒在地，一個彪形大漢用長槍向加弗思刺去，刺刀還沒碰到孩子，那槍已從士兵手裏掉了下來，一顆子彈射中他的眉心；第二顆子彈擊中正在向科費拉克進攻的另一個警衞隊員的心口，把他撂倒在地。

這是馬呂斯。他拿着上次沙威給他報警用的兩枝手槍剛剛衝進街壘，救了兩條命。

聽到槍聲和被擊中的警衛隊員的慘叫聲，進攻者都爬到了街壘上面，他們持着槍，遮住了三分之二的街壘頂部，可是還不敢往下跳，怕中了什麼埋伏。

馬呂斯已經沒有武器了，他把兩枝打完了子彈的手槍扔掉了。這時他發現了酒店門口的那桶火藥，正走過去時，有個士兵向他瞄準着要開槍，卻有一隻手伸到那枝槍前，把槍口擋住了。槍彈射出，穿過那隻手掌，一個穿長褲的年輕工人倒下了，馬呂斯卻安然無事。這一切是在硝煙中發生的，馬呂斯沒有看真切，但模模糊糊地感覺到是有人救了自己。

阿若拉率領起義者們爬上了酒店二樓和閣樓，從那裏他們可以居高臨下俯視進政者。雙方對峙着。一個軍官舉起軍刀喊道：「放下武器！」

「放！」阿若拉高叫。

雙方同時開槍，煙霧消散後見到雙方戰士都少了一些。突然，有人高喊：「滾開，要不我就把街壘炸掉！」只見馬呂斯手執火把，伸向那桶穿了底的火藥桶，神色果敢、堅毅。

一個中士説：「炸掉街壘，你也活不成！」

馬呂斯説：「我當然活不成。」他把火把伸向火藥桶。進攻者們倉皇逃命，一剎那間街壘上面已空無一人了。街壘解圍了。

這時，有人從暗處呼喚馬呂斯，就是那穿長褲的青年工人，渾身淌着鮮血：「你不認識我了？我是潘妮！」馬呂斯把她抱起，見到有個子彈洞穿了她的手，又打進她的脊背。就是她，潘妮，救了她一直暗戀着的馬呂斯的性命。她的頭枕着馬呂斯的膝蓋，臉上現出一抹慘淡的微笑。她讓馬呂斯在她口袋裏摸出一封

信，昨天她不願意把這受人所託的信轉交給他，「現在，你拿去吧……請別讓那個唱歌的孩子看見我，他是我的弟弟加弗思……請答應我，等我死後在我額頭上吻我一下，我會感覺到的。」

馬呂斯履行諾言，在那冷汗**涔涔**[1]的灰白額頭上吻了一下，向這不幸的靈魂告別。

那封信是珂賽蒂寫給他的，信中說：「今晚我們

---

[1] **涔涔**：形容流汗很多的樣子。涔，粵音岑。

搬去武寧街七號，一星期以後去英國。」馬呂斯那痛苦的心靈得到了些安慰。

他寫了一封回信，說：「我們的婚姻無望，我沒有財產，爺爺也拒絕了我。我決心去死，我愛您。當您讀到這封信時，我的靈魂已飛到您身邊，同您微笑。」他叫加弗思替他把信送到武寧街七號交給珂賽蒂小姐，並叫他別回來了，他不想讓這孩子陪他們送死。然後他掏出隨身帶的小日記本，寫上：「我的名字叫馬呂斯·彭眉胥。請把我的屍體送到我爺爺聶魯芒家：雷非路六號。」

加弗思送信去了。他在門口見到華尚，華尚問明回信地址後收下了信，並答允代為轉交珂賽蒂。不過，華尚把信拆開來看，無意中發現了兩個年青人的秘密，知道珂賽蒂有了心上人。

起初他很傷心。他猜出這個人就是他們以前在公園散步時經常見到的那個青年。華尚不甘心珂賽蒂從他身邊被人奪去，所以當他讀到「我決心去死」時，心裏起了一陣幸災樂禍的狂喜。但之後，他陷入鬱悶和苦惱中。一個小時以後，他穿着國民自衞軍的全套制服，帶着武器出了門，朝着麻廠街的方向走去。

第五章　華尚

第一節

最後關頭

夜裏，街壘裏的形勢並不太壞：他們修築了工事，把街壘加高到二十尺；傷員都包紮好了，屍體也全都抬走了。阿若拉深有遠見，叫人留下了四套國民自衞軍屍體上的制服備用。清點人數，還有三十七人健在。大家抓緊戰鬥間歇時間休息了一會兒。

清晨，阿若拉出去偵察了一番，回來時向大家宣布：「全巴黎的軍隊都已出動，其中三分之一來對付我們。人民呢？昨天還在熱血沸騰，今天卻已消沉。不用期待，沒有指望，我們是被遺棄了，我們的行動不能再繼續下去了。」

剛才大家還是很樂觀的，聽到這番話，不由得垂頭喪氣了，這時人羣裏響起一個聲音：

「公民們，讓我們用屍體來抗議吧！我們要表示，雖然人民拋棄了共和黨人，共和黨人也不會拋棄人民。」他説出了大家的一致想法。從所有人的嘴裏都發出了一聲既表示同意、又顯得十分可怕的古怪叫喊聲：「死亡萬歲！讓我們全部留在這兒，一起戰死！」

「為什麼要大家一起死呢？」阿若拉說，「公民們，不能作無謂的犧牲，**虛榮**[1]是一種浪費。這裏地勢險要，街壘堅固，三十個人夠了。如果某些人的任務是離開這裏，那麼這個任務也像其他任務一樣，必須完成！」

馬呂斯高聲贊成，他建議有家室的人離開。可是沒有人應聲，沒有人願意離去。

人羣中有人說：「離開這裏？說說倒容易，街壘被包圍着呢！」

阿若拉說：「菜市場那邊沒有被包圍。」

另一個聲音指出：「他們見到我們這樣穿工人服、戴便帽的人就會抓起來；發現你手上有火藥味就會槍斃。」

阿若拉拿出四套他吩咐留下的自衛軍制服，放在地上，說：「穿上這些衣服，就很容易混進他們的隊伍脫身了。」但這些視死如歸的人全都不動。

---

[1] **虛榮**：不切實際的榮譽，表面的光彩。

馬呂斯原先只有一個念頭：去死。他也不願改變主意，但現在他清醒地想到，在死之前，他還是可以去救別人的命。於是他又高聲説一遍：「有妻子和有家庭負擔的站出來！」他的威望很高，阿若拉是指揮官，馬呂斯是救星。

阿若拉説：「我命令你們！」

馬呂斯説：「我請求你們！」

被阿若拉的命令所動搖、被馬呂斯的請求所感動的英雄們開始互相揭發：

「是啊，你是一家之長，你走吧！」

「還是你走吧！你有兩個妹妹要撫養。」

一場聞所未聞的爭吵爆發了，大家都爭着不肯走出墳墓的門。

阿若拉要求用全民投票來解決。五分鐘之後，一致指定的五個人從隊伍裏站了出來。可是制服只有四套，於是又開始了一場慷慨激昂的爭論：「你有一個熱愛你的妻子。」「你有一個年老的母親。」「你父母雙亡，三個小兄弟怎麼辦？」「你是五個孩子的父親。」「你只有十七歲，太年青了，該活下去。」

有人向馬呂斯喊道：「由你指定吧！誰留下？」

馬呂斯激動得臉色發白，走向對他微笑的五個人，他們的眼睛閃着光，叫道：「我！我！」

這時，第五套制服好像從天而降，落在那四套上面。那第五個人得救了！

馬呂斯抬起頭來，認出是割風先生——白先生。華尚穿了這套制服順利地穿過街道進入街壘。眾人驚訝地問：「這是誰？」馬呂斯回答：「我認識他。」阿若拉轉向他：「公民，我們歡迎你！」又加上句：「你知道我們都將去死。」

華尚一言不發，幫那第五個人穿上制服。五個指定離去的人擁抱了大家，哭泣着走出了街壘。

留下的人們加高了街壘，把它修得更為堅固，然後給槍上了膛，守在槍眼跟前嚴陣以待。

外面，一尊大炮出現了。炮兵們準確地把大炮推到街壘對面，準備射擊。一個令人生畏的炮口對準了街壘。

轟！炮聲響了，加弗思一個筋斗翻進街壘，他送了信又回來了，使馬呂斯不無遺憾。

這一發炮彈只是打爛了一輛公共馬車的輪子，惹得街壘裏的人大笑了一陣。但是第二發炮彈卻把牆打了一個洞，得用一塊牀墊把缺口堵起來，可是僅有的幾張牀墊上都躺着傷員。

緊靠街壘外面的一幢七層樓的屋頂上，有家住戶為防止流彈飛入，在窗口用繩索掛着一張牀墊。華尚借過阿若拉的雙響卡賓槍，砰砰兩聲，打斷了繫着牀墊兩端的繩子，牀墊滑了下來，落在街上，處在攻守兩方的中間。

華尚從缺口出去，進入街心，冒着槍林彈雨奔向牀墊，把它背回街壘，擋在缺口上。果然，第三發炮彈在牀墊上流產了，街壘保住了。

攻打的軍隊繼續在開火，排槍和霰彈輪番發射，想消耗起義者的彈藥，阿若拉沒有中計，街壘不回擊。鄰近的屋頂上出現了士兵的鋼盔，他們想觀察起義者的動靜，卻被華尚一槍一個打在鋼盔正中，嚇得縮了下去，放棄了偵察。華尚的槍法這麼好，百發百中，卻不肯傷人，這使起義者們大惑不解。

街壘裏的彈藥越來越少了，

知識泉

霰彈：即榴霰彈，彈壁薄，內裝黑色炸藥和小鉛球或鋼球，彈頭裝有定時的引信，能在預定的目標上空及其附近爆炸，殺傷敵軍的密集人馬。又叫子母彈、羣子彈。

鋼盔：士兵戴的帽子，金屬製成，用來保護頭部。

大家正在發愁。

科費拉克忽然發現有個人在街壘的下面、子彈橫飛的街上活動着。

這是加弗思。他從酒店裏取了一個盛玻璃瓶的籃子，穿過缺口走了出去，不慌不忙地把那些倒斃在街壘邊沿上的國民自衛軍裝得滿滿的子彈盒，全往籃子裏倒。

科費拉克對他叫道：「回來！」

「馬上就來。」說着他一跳，鑽進街心。那兒東倒西歪地躺着二十來具屍體，也就是說，有二十來個子彈盒，對街壘來說是一大批子彈。

街上的硝煙像迷霧一樣，掩蔽了小個子的加弗思。他肚子貼在地上，牙齒咬着籃子，用雙手雙腳向前爬着，像蛇一樣滑行着，從一具屍體到另一具，把子彈盒或彈盒倒空，就像是一隻在剝核桃的猴子。可是他爬得太遠了，以致警衛隊的狙擊手發現了他。一顆子彈飛來，打中了他身旁的屍體；第二顆子彈打在石板路面上，第三顆子彈打翻了他的籃子。

知識泉

狙擊手：負責埋伏在隱蔽地點，伺機襲擊敵人的隊員。

加弗思毫不畏懼，索性大聲唱起歌來，並把撒在地上的子彈一顆顆撿起放回籃中。接着的幾顆子彈仍沒打中他，他好像在與士兵開玩笑，對每一次射擊都用一段歌詞作回答。他跳上爬下，對槍作鬼臉，一邊唱歌一邊繼續收子彈，槍彈在他身後飛馳，他卻比子彈還要靈活。可是，終於有一顆狡猾的子彈擊中了這個鬼火似的孩子，街壘裏的人齊聲發出驚呼聲。加弗思坐直身子，雙手舉向天空又唱了起來，可他沒能唱完，第二顆子彈打斷了他的聲音，這一次他倒下後再也不能動彈了，這個偉大的小靈魂飛走了。

馬呂斯跳出去抱了加弗思回來，他回來時也是滿臉鮮血，一顆子彈擦傷了他的頭蓋骨。康拜非捧回了那籃子彈，每人分到十五顆。

最後的時刻已經來到。士兵們運來了第二門炮，準備轟開缺口，發動總攻。阿若拉吩咐大家把鋪路石搬上樓，築好了最後一道防禦，人們分布在各處準備射擊。處決沙威的時刻也到了，華尚主動要求由他來動手。作為對他剛才英勇行動的報答，阿若拉同意了，並要他把沙威帶到後巷去，免得他的屍體和起義者混在一起。華尚手握手槍，一手抓住沙威的腰帶，穿過街壘內部的小方場轉上了小路，這裏只有他們兩人，誰也瞧不見他們。

華尚臂下夾着槍，盯着沙威。沙威説：「你報復吧！」華尚從口袋裏取出一把刀，把捆住沙威的幾處繩子一一割斷，説：「您自由了。」

沙威不是個容易受驚的人，但此時他十分震驚，目瞪口呆。

華尚説：「我不相信我還能從這兒出去。萬一我能脱身，我住在武寧街七號，用的是割風的名字。」

沙威皺皺眉頭，咕噥了一句：「你可要當心。」

「走吧！」華尚說。

沙威又問了一遍地址，扣好大衣，雙肩挺起，恢復軍人的姿態，轉身向市場走去。走了幾步，他回過頭來大聲叫道：「您這個人使我厭煩透了，請您還是把我殺了吧！」沙威自己也沒發現，他已經用「您」來稱呼華尚了。

「您走吧！」華尚說。等沙威消失後，他朝天放了一槍，回到街壘說：「幹掉了。」

總攻開始了，大隊人馬捲地而來。起義者雖然拚死戰鬥，但街壘還是被攻陷了。最後幾名起義者退進科林特酒店，繼續抵抗，直到全部犧牲。一顆子彈射中了馬呂斯的鎖骨，使他暈倒在酒店外面。在他閉上眼時，感到有雙大手抓住了他，他心想：我被抓了，要被槍斃了……

第二節

下水道裏

在最後那場戰鬥的濃煙中，華尚雖然沒有直接參戰，卻一直在默默地幫助人們。他的眼睛一刻也沒離開過馬呂斯。當馬呂斯中槍倒下時，華尚如老虎般敏捷地一蹦，撲過去像擒住獵物那樣，把他帶走了。

他用雙臂托着暈過去的馬呂斯，走出街壘，但如何能逃出這四面受圍的戰場呢？華尚一籌莫展。他心裏混亂極了，想用眼睛在地上挖出一個窟窿。由於專心注視，他看見幾步以外，有一扇被一堆塌下的鋪路石蓋住一部分的鐵柵欄門，它是安在地上的。

華尚衝過去，搬開鋪路石，掀起鐵柵欄，背起動也不動的馬呂斯，下到裏面。然後讓頭上的重鐵門再落下來，鋪路石受到震動又倒下來，有些落在門上。華尚像一個極度興奮的人那樣，用巨人的力氣、雄鷹的敏捷完成了這些動作，為時只有幾分鐘。

他倆進入一條地下長廊裏，這裏離地面約有三米，極端寂靜，他能勉強聽到在他上面，像模糊不清的竊竊私語那樣，傳來攻佔酒店那可怕的喧囂聲。

這是巴黎的地下水道。早在二千多年前巴黎建市時，就已經開始挖掘地下排水管道了，隨後逐年擴大規模。排水管四通八達，密如蛛網，好像一個地下迷宮，但它卻有一個指示方向的特點——坡度，只要隨着斜坡下去，一定會到河岸。

華尚明白這一點，所以他背着馬呂斯一直向着斜坡走，想必可以通到塞納河。他不時感覺到背上的青年呼出的一絲暖氣，相信他還沒有死。他在一個出氣洞口停下，脱下自己的襯衣作繃帶，紮好馬呂斯的傷口。當他掀開馬呂斯的衣服時，發現了他那小日記本上寫的遺囑和他爺爺家的地址。

知識泉

塞納河：法國北部的河流，全長約780公里，流域面積78,000平方公里。發源於東部海拔471米的郎格勒高原，流經巴黎盆地，穿過巴黎市中心，在勒阿弗爾附近注入英吉利海峽。

走完石頭路，腳下踩到了淤泥，這是一塊塌陷下去的窪地，表面是水，下面是爛泥。可是一定得走過去，走回頭路是不可能的。路面在下降，水位漸漸上升。馬呂斯奄奄一息，老人也精疲力竭了。華尚在水裏拚命掙扎着向前移動腳步。淤泥起初在腳下，很快沒到了他的半條腿，水浸到了膝蓋以上。他一面走，一面用雙臂把馬呂斯往高處舉，盡量不讓他碰到水面。淤泥已經沒到了膝彎，水已經漫到了腰部，他越陷越深了。後來，水已經到了他的腋下，他感到自己在往下沉，幾乎無法動彈了。他一直舉着馬呂斯，只有他的頭部和舉着的兩條胳膊還露出水面。他仰面朝天，讓鼻子伸出水面呼吸。

他以為滅頂之災已迫在眉睫，於是猛地一使勁，一隻腳向前踏去，他竟然碰到了一個堅硬的東西——一塊**基石**[①]，一個支撐點，一條能讓他們活下來的石階！正是時候，再晚一步恐怕就來不及了！

他挺直身子，又彎了彎腰，使出渾身力氣站穩，踩上了活命梯子的第一級。他的力氣全使完了，只得走三、四步就停下來，倚在牆上透口氣。他渾身散發着惡臭，靈魂中卻充滿了一種奇異的光彩。

終於，眼前透出了一道光亮，他看見了一個出口，他們得救了！他的腿又堅強起來，背着馬呂斯跑到出口處。可是，他們出不去，門框是石條砌的，門

[①] **基石**：支撐建築物基底的石頭。

上有一把生鏽的大鎖。華尚雙手扳住那鐵柵格子，但它紋絲不動。一切都完了。不是被巡邏隊發現，抓回去坐牢，就是退回去淹死。

正在萬分**頹喪**[1]之時，忽然一雙手放在他肩上，一個輕輕的聲音說：「兩人平分。」

華尚以為自己在做夢。他抬頭一看，一個人光腳站在他面前，他認出那是德納第，但對方沒認出他，因為他滿臉污泥和鮮血，面目全非。

德納第以為他是兇手，殺了人搶了錢，想把屍首背出去扔在河裏。他可以提供鑰匙開門，甚至可以給他繩子和石頭，用來沉掉屍體。

華尚順水推舟，沒表示反對。他讓德納第搜索自己的口袋，那裏只找到一個金幣、兩個五法郎和一些銅板。德納第很不滿意，他在黑暗中趁華尚不注意，偷偷撕下馬呂斯的一條衣角，藏在自己的大衣裏，心想以後可用此再來敲詐這兇手。

德納第掏出一把鑰匙開了鐵柵門，華尚背着馬呂斯終於到了外邊。他們出來了！從死亡之中，從危機

---

① **頹喪**：情緒低落，精神委靡。

裏面，從骯髒、腐臭、黑暗的下水道深處，他們終於出來了！

他把馬呂斯放在沙灘上，自由地呼吸着純淨新鮮的空氣。他用手心捧了一點河水，輕輕灑在馬呂斯臉上。馬呂斯的眼睛沒睜開，但卻有呼吸。

華尚正彎腰再想捧些水上來，忽然感覺到後面有人。果然，一個穿大衣的高個兒站在離他身後幾步遠的地方，手裏拿着棍，真像一個鬼魂。華尚認出了他，是沙威！

沙威被華尚放走後回到警察總署，不久接到報告，説越獄犯德納第在塞納河岸一帶出現過，於是沙威便部署了警察分頭追捕，他也親自出馬來巡視。

下水道鐵門為何如此殷勤地在華尚面前打開？這是德納第在耍手腕。他躲在下水道內，感覺到沙威和警察們一直在外面，他把華尚放出去替代他，是給警察一個獵物，使他們轉移視線，放棄追蹤他，自己便可以脱身。

沙威沒認出眼前人，問道：「您是誰？」

「華尚。」

沙威的目光非常可怕，他緊握手中的棍子。

華尚說：「您抓到我了，抓我走吧！不過，請答允我一件事，這是街壘裏的人，叫馬呂斯，他受傷了，請幫我把他送到他外祖父家。」他翻出馬呂斯的日記本，給他看了地址。

沙威把自己的馬車叫過來，和華尚一起，把馬呂斯送到他外祖父家裏。然後，沙威又滿足了華尚的第二個請求——讓他回家處理一些事情。放走華尚後，沙威卻不見了——他給了華尚自由。

事實上，沙威的內心非常痛苦。他被一個犯罪的人所救，因而欠下一筆人情債，現在他還清了這筆債，好像是為了忠於自己的良心，但背叛了社會，背棄了自己的職責……他為自己所做的事不寒而慄。

華尚這個人使他感到為難，他一生中作為生活支點的所有原則，在這個人面前全部垮了，華尚對他的寬宏大量把他壓倒了。沙威覺得有一種可怕的東西侵入心靈：對一個苦役犯的讚美。他拚命掙扎，但徒勞無功，沙威覺得他不能再在這種痛苦的矛盾心情中活下去了。

當晚，如果有人看見一個黑影，從聖母橋上筆直地投入塞納河，那就是沙威。

第三節
成全了年青人

馬呂斯高燒不退，胡言亂語，聶魯芒爺爺失望地守在牀邊，望着不死不活的外孫。每天有一位白髮紳士來探望馬呂斯，帶來很多繃帶和藥品。四個月後，醫生終於宣布：馬呂斯脱險了！爺爺欣喜若狂。

清醒以後，馬呂斯還得長期卧牀養傷，卻也因此而逃脱了政府軍隊對革命黨人的搜捕。在昏迷中，他不斷呼喚珂賽蒂的名字；清醒後，卻絕口不提。她被他不聲不響地埋在心底。馬呂斯不明白，他怎麼能夠活着出來？所有的朋友都遭到不幸，而他卻被兩個人用馬車送回來，由於天色昏黑，家人也沒看清那兩人是誰。

馬呂斯下定決心，如果得不到珂賽蒂，他就一死了之。他預料外祖父肯定會反對，因此作好準備要打一場「家庭戰爭」。

馬呂斯的氣力差不多已全部恢復了。一天，他鼓起勇氣，在牀上挺起身子，兩隻緊握的拳頭放在被單上，兩眼直瞪着外祖父的臉說：「我打算結婚。」

「我早就料到了！」聶魯芒哈哈大笑，「你那嬌媚的小姑娘，每天拜托一位老先生來問候你。你受傷以來，她一直為你流淚，天天替你做繃帶。她是一個無價之寶，你一定要娶她。你們結婚吧！祝你幸福，我的孩子！」

說完，聶魯芒抱住馬呂斯的頭，抽抽搭搭地哭了起來。馬呂斯激動地大聲叫道：「我的父親！」然後也一起哭了。流淚，在這時是一種極度幸福的表現。

珂賽蒂來了，後面跟着她的父親。聶魯芒爺爺和他互相問候之後，按禮節接待了珂賽蒂。他代表馬呂斯正式提出這門婚事，徵得同意後轉向這一對幸福的年青人說：「允許你們相愛了！」

婚禮安排在2月份，現在是10月。華尚悄悄處理好一切：珂賽蒂成為法定的歐福吉・割風小姐。她是個遺孤，華尚作為割風先生被指定為監護人，另一位監護人是聶魯芒先生。割風小姐有六十萬法郎的陪嫁品，是由珂賽蒂合法繼承自一個不願留下姓名的死者的遺贈。

珂賽蒂這才知道，華尚不是她父親，另有個割風才是她爸爸。這件事本來會令她難過，可是她現在實在太幸福了，她有了馬呂斯，就有了一切。這個年輕人來了，那個好老人便黯淡無光了……

馬呂斯沉浸在幸福之中，但內心深處仍有一個陰影在糾纏着他：他有幾重恩情要報答，一是德納第，一個流氓；另一個是那天送他回家的人，一個謎。在四處察訪之下，他居然找到了6月6號送他回家的車夫。為便日後的查證，他特地保存了那身血衣。他仔細察看那衣裳，發現上面被撕掉了一片衣角。

1833年2月16日，是馬呂斯和珂賽蒂結婚的良辰。一切都是那樣的美好和歡樂。聶魯芒府上特地為割風先生布置了一間舒適華美的房間，珂賽蒂懇求爺爺和他們住在一起。

婚禮中，發生了幾件不引人注意的小事：一是割風先生委託聶魯芒先生在婚書上簽字，因為前幾天他的右手受了點小傷。另外，在去教堂舉行結婚儀式的路上，遇到了一羣戴面具狂歡的人，當中有德納第，他一眼就認出了華尚。還有，割風先生因為手痛，不能參加結婚晚宴，託僕人請大家原諒。

華尚在那天晚上獨自一人坐在武寧路那所房子

裏，凝望着一套小孩子穿的黑色衫裙，悲悲切切地哭着。這套衣服是十年前珂賽蒂穿過的。老人向自己提出了一個嚴肅的道德問題：對於珂賽蒂和馬呂斯的幸福，應該抱什麼態度？他經過了一整夜頭暈目眩的苦思，有了答案。

第二天，華尚去見馬呂斯，坦白了一切：

「先生，有件事我要告訴您。我是個老囚犯，一個終身苦役犯，名叫華尚，同珂賽蒂毫無瓜葛，只是萍水相逢而已。我十年前發現了她，一直愛護着她。現在她有了丈夫，就理應分道揚鑣，各走各的路。而且現在監護人已經有了聶魯芒先生，我也總算不負所託了。」

「這些事您完全可以保守秘密的，」馬呂斯說，「您為什麼要告訴我呢？」

「出於一種自尊！為了誠實，為了良心！過去，為了生存，我盜竊過一塊麪包；今天，為了生存，我不能再盜竊一個人的姓名！我把這一切說了出來，心裏才沒有負擔。」

「我爺爺有不少朋友，或許可以幫您得到**赦免**[1]的。」

「無濟於事，」華尚說，「他們可以認為我已經死了，這就完了，足夠了。現時在你面前的只是個悲慘的老人。」

---

[1] **赦免**：依法定程序，減輕或免除對罪犯的刑罰。

「可憐的珂賽蒂，如果她知道了……」馬呂斯喃喃道。華尚聽了不禁一陣哆嗦，雙手捂住臉說：「我不如死了好！」

「我會為您保守秘密。」馬呂斯說。

「這一切可以結束了。先生，您是一家之主，您認為我從此以後不該再跟珂賽蒂見面了吧？」

「我想最好是這樣，」馬呂斯說，「不過，您可以每天晚上來看看她，她會想念您的。」

第二天晚上，華尚到聶魯芒家去。僕人領華尚到地下室去與珂賽蒂見面，華尚對珂賽蒂說，這樣做是他要求安排的。

從此，華尚總是在同一時間來看珂賽蒂，馬呂斯多半有意不在家，珂賽蒂對此也習慣了，只是他們見面時的激動心情漸漸平淡下來。幾星期過去了，華尚的有意冷漠對她起了作用。

馬呂斯懷疑那六十萬法郎來歷不明，不想動用。對華尚的招呼也越來越差了，有一次地下室裏沒擺椅子；另一次竟然連取暖的火也沒燃起。主人很明顯地在下逐客令，於是華尚就停止了去看望珂賽蒂，珂賽蒂好像也不大在意。

其實，每天傍晚華尚都照樣出門往珂賽蒂家走，但總沒有走到，總是半途而返。而這「半途」也一天天縮短，在等待着完全的停止。

華尚的身體日益衰弱。他的眼睛已經疲憊無神，失去了光澤；眼淚也已乾涸。他的下巴不時地抖動，瘦削的頸脖上的皮肉打了摺，叫人看了覺得可憐。他神情呆滯、步履**蹣跚**①，完全是個步入暮年的老人了。有時天氣不好，他出門的時候就在腋下夾着一把傘，可是從來不打開。那條街上的婦女們説：「這是個傻老頭。」孩子們嬉笑着跟在他後面走。

① **蹣跚**：腿腳不靈便，走路緩慢、搖擺的樣子。

第四節
真相大白

一天晚上，僕人給馬呂斯送上一封信，說有人請求接見。馬呂斯認得信上那熟悉的字跡，署名是德納，說有重要秘密相告。馬呂斯很興奮，為了父親，他一直在尋找此人的下落，而他竟自己找上門來了。而且，說不定通過這類**雞鳴狗盜**[①]之流，還可以找到另一個他很想找到的人。

進來的是一個陌生老頭，他神秘地說：「閣下先生，您府上混進了強盜，一個殺人犯！他騙取了您的信任，他的名字叫華尚。」

「這個我知道。」馬呂斯不以為然道。

「我還要告訴您，他是個終身苦役犯！這個消息我就不收取報酬了。」

「這個也不新鮮。」

老頭有些生氣了：「好吧，我削價賣這個秘密

---

① **雞鳴狗盜**：比喻有卑下技能的人，多指低下階層，帶貶意。

吧！給我一萬法郎吧！」

「我重複一遍，您要説的全是我知道的！」

「好吧，二十，我只要二十法郎，我要説了，這是個特殊的秘密。」

馬呂斯冷冷地説：「我早就清楚這個秘密了。就如我知道華尚那樣，我也知道你的名字——德納第，而不是什麼德納。你也就是榮特律，過去在孟費梅開過客店，現在是個流氓。」

馬呂斯從口袋裏掏出一疊鈔票，向他扔過去：「你還有什麼秘密要賣弄嗎？不錯，華尚是強盜，他不但盜取了一個工廠主人、一個好市長馬德萊先生的身分，還冒名領走了馬德萊的財產。不錯，他是個兇手，他殺死了警官沙威，他是用手槍打死的。」

德納第抓下眼鏡，取出插在鼻孔使鼻子變大的鵝毛管，讓自己的臉恢復了原樣。他收好了鈔票，柔聲説：「男爵先生完全正確，我是德納第。但你要知道，我一貫重視正義和事實，不願見到有人不公正地被**誣告**①。您完全錯了。第一，華尚並沒有搶劫馬德

---

① **誣告**：無中生有地控告別人有犯罪行為。

萊，因為華尚就是馬德萊；第二，華尚也沒有殺死沙威，沙威是自殺的。」

「拿出證據來，我要的是證據！」馬呂斯喊道。

德納第不慌不忙地從口袋裏取出一個灰色大信封，從中抽出兩張舊報紙說：「我有文件，兩宗公案，兩個證據。」

一張是1823年7月25日的《白旗報》，上面刊載了馬德萊在法庭自首，承認自己是華尚的消息。另外一張是1832年6月15日的《公報》，證明沙威是跳橋自殺的，還附有一份他本人給警署的報告，說他被囚在街壘時，有一個仁慈的暴動者釋放了他的經過。

證據確鑿，不容置疑。華尚的形象突然變得高大，彷彿從雲霧中冒出來。馬呂斯不禁快樂地高喊：「那麼，這個不幸的人就是馬德萊，蒙特伊市的恩人，他的財產是清白的！他救了沙威，他是個英雄，一個聖人！」

「他既不是英雄，也不是聖人，」德納第又故作神秘地說，「他是一個殺人犯，一個強盜。我賣給您的是一件從未披露過的新案件。去年6月6日暴動的那一天，有人背着一具屍體，穿過漫長的地下水道，走到塞納河出口。他想神不知鬼不覺地把屍首丟進河裏，十足的現行謀殺罪行！但他沒有鑰匙出去，有一個好人有鑰匙，和他進行了談判。在交談的時候，那好人仔細觀察了那個死人，雖然看不清楚，但知道這人很年輕，看來是富家子弟，臉上血跡斑斑。那好人偷偷撕下了被害人的一塊衣角，然後放他們出去。現在你懂了嗎？那個背屍體的是華尚，帶鑰匙的就是現在正和您説話的本人，還有那塊衣角……」德納第從口袋裏抽出一塊沾滿血斑的黑呢布片。

馬呂斯嚯地站了起來，面色蒼白，連呼吸也要停止了。他盯着那塊布，退到牆邊，摸到一把鑰匙，打開壁櫥，伸手進去……

德納第還在繼續：「我有充分理由相信，那被害的年輕人是一個被華尚誘騙了的、身上帶有巨款的外國富人。」

「那個年輕人是我！看，這就是那件衣服！」馬呂斯叫道，並把一件滿是血跡的黑色上衣扔在地上。接着他奪過德納第手上的破布塊，湊在缺了一角的衣擺上，完全吻合。

德納第目瞪口呆，心想：「我完蛋了。」

馬呂斯十分激動，他又氣又急，內心雖然高興，但對德納第卻是非常憤怒。他衝過去把一疊鈔票狠狠摔在德納第臉上説：「你這個流氓，無恥的小人！你來攻擊誣告這個人，反倒為他辨明了一切，説明他是無罪的，使他更加光榮偉大。我知道你所作的一切勾當，足夠送你進監獄！快拿了這些錢滾！滑鐵盧戰場上你救了一位上校的命，這保護了你，不然我一分錢也不會給你。明天就帶你女兒去美洲，我要監視你離開，那時再給你兩萬法郎，然後隨你死到哪裏去！」

「男爵先生，」德納第向馬呂斯深深地鞠了一躬，「此恩此德，永世不忘。」他悲喜交集，但也莫名其妙，不知為何能這麼好運。第二天，他在馬呂斯安排下，用了個假名，揣着兩萬法郎的匯票，帶着小女兒到美洲去了，做了一個販賣黑奴的商人。

再説那日，德納第一出門，馬呂斯就跑到花園裏找到珂賽蒂：「快，快來！一起出去！我的上帝，是

知識泉

美洲：全稱亞美利加洲，由北美和南美兩個大陸及鄰近許多島嶼組成，一般以巴拿馬運河作為南美洲與北美洲的分界線。

黑奴：美國獨立之前，常從非洲等國輸入黑人，從事奴隸工作，這些黑人就叫做黑奴。

他救了我的命！不要耽誤時間了！」

珂賽蒂以為他瘋了，但還是聽從他的話。他倆飛速地跳上一輛出租馬車，向武寧街駛去。

一個星期前的一天傍晚，華尚出門後只走了三步就停了下來，坐在路邊石頭上。第二天他沒出房間，第三天他沒起牀。一星期過去了，他還躺在牀上。給他做飯的女看門人見他不吃不喝，便請醫生來給他診治。醫生走時說：「他沒有病，但又有重病。他看來是失去了一位至親的人，這種憂鬱是能致命的。應該有一個比我更重要的人來看他。」

華尚就這樣，一天天孤寂地挨近那日子。這天，他已摸不到自己的脈搏，呼吸也很短促，他從來沒這麼衰弱過。他知道自己快不行了，便掙扎坐了起來，穿上一套他喜歡的工人服；又把手提箱打開，取出小珂賽蒂跟他離開孟費梅時穿的那套喪服黑連衣裙，攤在牀上。主教的那對銀燭台在壁爐架上，他插上兩枝蠟燭放在上面，點上了火。面對着鏡子，他再也不認識自己，他已八十歲了。珂賽蒂結婚前，人們覺得他還不到五十，這一年裏他竟老了三十年。他額頭上的皺紋是神秘的死亡痕跡；他的兩腮下垂，面如土色，

嘴角朝下，像是悲劇裏的一個主角。

夜已來臨，他吃力地把一張桌子和一把舊扶手椅拖到壁爐邊，在桌上放下筆、墨水和紙張。忽然全身一陣寒顫，他感到寒冷已向他襲來，便撐在桌上，拿起筆來寫了幾行字：

珂賽蒂，我祝福您。您丈夫是對的，他有理由向我表示我應離去。不過也有一些誤會。他是個好人，值得您永遠愛他。彭眉胥先生，您也要永遠愛我的孩子。至於那筆款項，它確是屬於您的。事情的真相是：英國出產的黑玉和德國的黑玻璃，在法國我們完全可以生產……

寫到這兒，筆從他手裏跌落——以前他能抬起割風的馬車，但現在連一枝鋼筆也嫌重。他絕望悲慟，在內心哀叫：哦，一切都完了，我再也見不到她了。她只是我眼前一現而逝的微笑。死是無所謂的，可怕的是死後見不到她。完了完了，我只能孤零零地死在這裏了。

正在此時，有人敲門了。

「進來。」他有氣無力地說。

門開了，珂賽蒂衝進房間，「父親啊！」她叫着投進華尚的懷抱。

馬呂斯垂着眼瞼，嘴唇痙攣地緊縮着，忍住痛哭，輕輕地喊了一聲：「我的父親！」

華尚在椅子上坐直了身子，張開顫抖的雙手摟着珂賽蒂，他神情驚恐，面色慘白，但目光裏顯出無限歡樂。他結結巴巴地說：「珂賽蒂，是您，夫人！啊，我的上帝！你們已經原諒我了？謝謝，謝謝你們了！」

珂賽蒂坐在老人的膝上，分開他的白髮，吻他的額頭。

華尚隨她擺布，他神情恍惚，喃喃地說：「我真傻，我以為見不到她了，我實在很需要偶爾來看看珂賽蒂，但我又感到自己是個多餘的人。感謝上帝，我又見到她了，天使來了！彭眉胥先生，您也原諒我了嗎？」

聽見華尚一再重複這句話，馬呂斯百感交集，堵在心頭的感情統統爆發了出來：「珂賽蒂，你聽見了嗎？他還要我原諒他！他救了我的命，把你給了我，卻犧牲了自己。對我這忘恩負義的人，對我這殘酷的罪人，他卻說謝謝！我一輩子為他**鞠躬盡瘁**[1]也不能報答他！他背着我，逃出了污水溝，經歷了這一切苦難，他使我避開了死亡，自己卻承受一切。勇敢、道義、英雄精神……一切神聖的品德他都具備了！珂賽蒂，這個人真是一位天使！」

「噓！噓！」華尚輕聲說，「為什麼要說這些事呢？」

「您為什麼不說這些事？您就是馬德萊，您寬恕了沙威，您救了我的命，為什麼不講？」

「因為我覺得您是對的，我應該離去。」

「難道您還想待在這兒嗎？我們要帶您走。您是我們的父親，我們是分不開的。」馬呂斯說。

「不錯，能在一起生活，這多好！但是……我馬上就要死了。」

馬呂斯大吃一驚，珂賽蒂哭着央求道：「父親啊，您不能死，您要活下去，我要您活下去！」

老人微笑着說：「您不讓我死，也許我會服從

---

[1] **鞠躬盡瘁**：指小心謹慎，不辭勞苦，貢獻出全部力量。

的，誰知道呢？你們來的時候，我正要死去，現在我好像又活過來了。」

醫生進來為老人把脈，大家靜默無言。華尚凝視着珂賽蒂，好像要把她的形象帶到**永生**[1]裏去。

醫生搖搖頭，喃喃地說：「哦，你們就是他朝思暮想的人。」他又在馬呂斯耳邊悄聲說：「可惜，你們來遲了。」

華尚忽然掙扎着站起身來，從牆上取下銅十字架說：「這是個偉大的殉道者啊！」

他漸漸衰竭，一步步接近死亡。在半昏迷狀態之後，他又恢復了一點氣力。他搖了一下腦袋，像要甩掉黑暗。接着幾乎完全清醒，他又開口了，那聲音像是來自遠遠的天邊：

「靠近我吧，孩子們！我愛你們，我知道你們也愛我。這樣死去有多好！珂賽蒂，你會為我哭一下的，對不對？可不要太過分，我不希望你們太難過。

「我有份遺囑，但沒寫完，那六十萬法郎是清白的錢，你們可以安享富貴。我有對銀燭台要送給珂賽

---

[1] **永生**：宗教用語，指人死後靈魂永久不滅。

蒂，不知道那位把它們送給我的人，在天之靈是否滿意我所做的一切，我已盡我所能了。

「孩子們，別忘了我是一個窮苦人，你們要把我埋葬在一塊普通的地方，用塊石板蓋着做標記，不要刻字。如果珂賽蒂有時來看一下，我會感到很愉快，還有您也來，彭眉胥先生。我要向您承認，我不是一直都對您有好感的，為此我要向您道歉。孩子們，別哭了，我不會遠去的，我會在這兒看着你們。

「珂賽蒂，看見牀上的小裙子嗎？十年前，你離開孟費梅時穿的。德納第一家對你很兇狠，但原諒他們吧！珂賽蒂，你一直很想知道你媽媽是誰，現在是時候了，她叫芳婷，好好記住這個名字。在你叫這個名字時，你應該跪下。她吃過很多苦，正和你的幸福一樣多，她為你犧牲了一切。

「我要走了，孩子們，你們永遠相愛吧！世界上除了相愛幾乎沒有別的了。你們有時想想死在這兒的可憐老人。我已看不大清楚了，我還有話要説，算了吧，我看見了亮光。你們再挨近我些，讓我愉快地死去。把你們的頭挨近我，我好把手放上去……」

珂賽蒂和馬呂斯跪下，兩人心慌意亂，泣不成聲。他倆一人一邊，各靠着華尚的一隻手，這隻莊嚴的手已不再動彈了。他向後倒去，燭光照着他，那蒼白的臉望着上天，他死了。

夜裏沒有星光，一片漆黑。在黑暗中，可能有一

個大天使展開雙翅，在等待着這個靈魂。這個悲慘的靈魂飛走了，離開了這個悲慘的世界，留下了正義、博愛和忠貞。

　　拉雪茲神父公墓裏，有一處荒僻寂靜的角落。那

裏雜草叢生、苔蘚鋪地，躺着一塊受風化侵蝕、剝落變形的石板。這裏人跡罕至，只有陽光偶爾來到。那兒，常有蜥蜴出沒；長風過處野麥沙沙作響，黃鶯在枝頭歡唱。你如果細看那石板，它只是一塊光禿禿的墓石，上面沒有一點裝飾，也沒有名字。

故事討論園

1. 米里埃主教對華尚有什麼影響？

2. 芳婷把年幼的珂賽蒂交託給德納第夫婦，你認為她做得對嗎？為什麼？

3. 馬呂斯的性格是怎樣的？他遇到珂賽蒂之後，有什麼轉變？

4. 華尚在街壘裏放走了視他為對頭人的沙威，假如你是華尚，你會放走沙威嗎？為什麼？

5. 你認為華尚是一個怎樣的人？為什麼？

6. 假如你是珂賽蒂，在知道了自己母親的故事，以及華尚為自己所做的一切之後，你想對華尚説什麼？

巴黎下水道

故事中提到華尚帶着受傷的馬呂斯，從有積水和淤泥的巴黎下水道逃離戰場，弄得渾身惡臭。現時，巴黎的地下水道是怎樣的呢？

巴黎下水道位於巴黎市地底約5至50米，總長約2,400公里，縱橫交錯。

19世紀中期，當時的塞納省省長奧斯曼男爵和工程師貝爾格朗對地下水道作了完善的規劃和整理。經過多年的努力，現時巴黎的地下水道在處理污水和排放雨水等方面應付自如。當局還在塞納河南岸阿爾瑪橋附近設立「巴黎下水道博物館」，讓遊客穿過下水道井蓋，進到地下水道裏參觀。

據說，雨果在撰寫《孤星淚》時，曾在朋友的協助下，親自到過巴黎的地下水道裏視察呢！

雨果

(Hugo，Victor Marie) *(1802-1885)*

雨果全名為維克多·馬里·雨果，是法國著名的作家、詩人，更是19世紀法國浪漫主義的創始人之一，在法國和世界各地都有很大的影響力。

1802年2月26日，雨果在法國東部柏桑松出生。由於父親在拿破崙手下擔任軍職，他跟隨父親旅居各地，這些經歷，對他日後的寫作幫助很大。

雨果很早就開始寫作，15歲時的作品就引起人們的注意，20歲時更出版了詩集，獲得當時的法王路易十八的獎金賞賜。他的作品有詩歌、散文、劇本和小說等，多運用誇張和激動人心的手法。代表作有《巴黎聖母院》（即《鐘樓駝俠》）和《悲慘世界》（即《孤星淚》）等，不但翻譯成多國語言，更編成舞台劇、電影等，享譽世界。

1885年5月22日，雨果因肺炎病逝，終年83歲。

新雅 • 名著館

孤星淚

原　　著：雨果〔法〕
撮　　寫：宋詒瑞
繪　　圖：菌田
策　　劃：甄艷慈
責任編輯：陳友娣
美術設計：何宙樺
出　　版：新雅文化事業有限公司
香港英皇道 499 號北角工業大廈 18 樓
電話：(852) 2138 7998
傳真：(852) 2597 4003
網址：http://www.sunya.com.hk
電郵：marketing@sunya.com.hk
發　　行：香港聯合書刊物流有限公司
香港荃灣德士古道 220-248 號荃灣工業中心 16 樓
電話：(852) 2150 2100
傳真：(852) 2407 3062
電郵：info@suplogistics.com.hk
印　　刷：中華商務彩色印刷有限公司
香港新界大埔汀麗路 36 號
版　　次：二〇一七年五月二版
二〇二一年三月第二次印刷

ISBN: 978-962-08-6823-8

18/F, North Point Industrial Building, 499 King's Road, Hong Kong
Published in Hong Kong, China
Printed in China